DONNA DI SANGUE E OSSA

L'ETEREA RINNEGATA
LIBRO UNO

ANNIE ANDERSON

Titolo originale: *Woman of Blood and Bone (Rogue Ethereal Series)*
© Copyright 2018 Annie Anderson
Traduzione italiana: Claudia Sartori
A cura di: Biba Sven
Pubblicato da Annie Anderson

Nessuna parte di questo libro può essere riprodotta in qualsiasi forma o con qualsiasi mezzo elettronico o meccanico, compresi i sistemi di archiviazione e recupero delle informazioni, senza il permesso scritto dell'autrice, tranne che per l'utilizzo di brevi citazioni in una recensione dell'opera.
Questo libro è un'opera di fantasia. I nomi, i personaggi, i luoghi e gli eventi descritti sono frutto dell'immaginazione dell'autrice, oppure sono usati in modo fittizio. Qualsiasi somiglianza con persone, viventi o defunte, attività, luoghi o fatti reali è puramente casuale.

Questo libro è concesso in licenza esclusivamente per il tuo uso personale. Non può essere rivenduto o ceduto ad altre persone. Se desideri condividere questo libro con altre persone, acquista una copia aggiuntiva per ciascuna di esse. Se stai leggendo questo libro senza averlo acquistato, o se non è stato acquistato esclusivamente per il tuo uso personale, ti preghiamo di restituirlo al venditore e di acquistarne una copia. Grazie per il rispetto dimostrato nei confronti del lavoro dell'autrice.

I

MAX

Sono stata bruciata sul rogo a quattordici anni. A diciannove, sono stata sezionata da un 'medico' fanatico che di medicina ne sapeva meno di un cumulo di letame. A ventiquattro anni sono stata annegata in un lago. A ventisette, sono stata lapidata in piazza.

A trent'anni, molto tempo dopo aver smesso di invecchiare, finalmente mi sono fatta furba. Se avessi smesso di aiutare le persone, se avessi smesso di cercare di salvare gli umani che poi si dimostravano incredibilmente ingrati, nessuno avrebbe scoperto le mie abilità. Non avrei più sentito pronunciare la parola 'strega' dalle labbra di uomini che di me non sapevano nulla.

Certo, questo avrebbe implicato la morte di un

sacco di gente, ma con tutte le volte che ero stata 'uccisa' per il mio dono, se lo meritavano.

Stabilii delle regole, dei modi per nascondermi in bella vista.

Regola numero uno: mai e poi mai vivere in un paesino, pena la morte. Letteralmente. Lì non c'è modo di nascondersi, non c'è modo di tenere alla larga i ficcanaso. Inoltre, quando il magistrato della città scompare, tutti incolpano la tipa strana che se ne sta per conto suo. Sì, l'ho ucciso, e no, non mi dispiace.

Se lo meritava.

Regola numero due: per quanto lo desideri, non lanciare incantesimi in pubblico. Non importa se qualche genitore stronzo sta picchiando il figlio, maltrattando il cane o guidando come una scimmia cieca sotto l'effetto di droghe. Non farlo. Gli incantesimi di memoria sono insidiosi e difficili da eseguire.

Regola numero tre: non discutere di storia o di politica con la gente. Altrimenti corri il rischio di parlare della Rivoluzione francese come se l'avessi vissuta in prima persona – cosa che in effetti mi è capitata davvero – e che qualche idiota appassionato di storia si metta a indagare. Con pessime conseguenze per tutti.

Ripenso alle mie regole – soprattutto alla seconda

– mentre cammino per le strade buie e piuttosto sporche della zona industriale di Denver. Immagino che qualcuno potrebbe rimproverarmi per essere una bella donna che si avventura da sola, di notte, nell'area malfamata di una grande città, ma non me ne frega niente. Non avrei mai lasciato la mia Chevelle rosso ciliegia in un parcheggio poco sicuro, anche se significa dovermi fare tre isolati sui tacchi a spillo. E infrangerei la regola numero due senza pensarci un attimo, se un uomo o una donna – sono per le pari opportunità – mi aggredisse in questa parte della città. Come quel tipo dall'aria losca che mi fa il segno della 'V' mentre si aggiusta il pacco, muovendo la lingua tra le dita come una specie di animale squilibrato.

Penso in cosa potrei trasformarlo. Un bidone dell'immondizia, o magari un bagno chimico. O una cassetta della posta. Gli incantesimi di trasmutazione non sono troppo difficili, se si opera con qualcosa che ha la stessa massa. Mi basterebbe schioccare le dita e pronunciare le parole giuste in latino.

I miei piani sono interrotti dal cellulare che squilla. Il pervertito è stato fortunato.

Qualcuno ti ha appena salvato la vita, amico.

Sfilo il dispositivo sottile, ma fastidioso, dal satin rosa tenue della borsetta e rispondo.

"Hai appena salvato la vita di un tizio e rovinato tutto il divertimento. Spero che tu sappia che il mio prossimo tatuaggio ti farà molto male," brontolo, camminando a grandi passi sul marciapiede sconnesso verso la mia destinazione.

"No, non accadrà," dice Aurelia, "e tesoro, se riuscissi davvero a farmi provare dolore, ti leccherei le suole delle scarpe. Perché stai progettando un omicidio?"

Aurelia Constantine è una delle mie migliori amiche da quasi un secolo. Abbiamo legato perché siamo state cacciate dalle rispettive famiglie, e perché amiamo i tatuaggi. Io adoro farli, Ari riceverli. Aurelia è una fenice – una vera e propria fenice, con le ali fiammeggianti e tutto il resto. Io, invece, sono qualcosa di completamente diverso.

"Un idiota mi sta facendo dei gesti volgari. A proposito, quale sarebbe il destino peggiore? Una vita da bagno chimico o da bidone della spazzatura? Vedo dei notevoli svantaggi in entrambi i casi," commento. Le mie dita fremono dalla voglia di schioccare.

"Smettila di tramare la fine di quello stupido umano. Verrai al mio matrimonio o no? Continui a cambiare idea, non riesco a vedere cosa farai." Aurelia è una rara e potente sensitiva. E ha appena assunto una posizione di potere insieme alla gemella

Mena. Se nemmeno lei riesce a prevedere la mia decisione, dev'essere davvero tutto incerto.

Onestamente, non riesco a vedere me, una Rinnegata, socializzare con i potenti leader degli Eterei che si degneranno di essere lì. Sembra il modo migliore per finire gettata in qualche buco nero da cui non riemergerò mai più.

Già, non penso proprio.

"Mi dispiace tantissimo, ma non credo di poter venire. È troppo rischioso. Basta che ci sia anche solo un leader della congrega e mi porteranno in qualche fossa umida sottoterra a pregare di morire. Vorrei davvero esserci, ma..." Mi interrompo. Odio deludere una delle poche persone che ha reso questa vita lunga e solitaria in qualche modo sopportabile.

"Lo capisco, tesoro. Non sentirti in colpa. Hai ancora intenzione di venire all'addio al nubilato? Evan sta architettando qualcosa di strano e probabilmente divertentissimo."

Evangeline Carmichael, la tostissima Regina degli Spettri, è una tipa strana che fa effettivamente morire dal ridere. Qualunque cosa stia organizzando per la festa di addio al nubilato, sarà un successo strepitoso.

"A questo sì che posso venire. Giuri che non sei arrabbiata?" Non capita tutti i giorni che una delle tue migliori amiche si sposi, anche se tecnicamente si tratta del secondo matrimonio. Inoltre, è legata a suo marito Rhys da quasi due secoli.

"Mia cara, se c'è una persona al mondo che capisce cosa significa doversi nascondere, quella sono io. Non preoccuparti. Ci vediamo tra qualche giorno."

"Porterai anche i gemelli, vero? Ho bisogno di stringere quelle due creaturine adorabili."

I gemelli di Aurelia, Henry e Olivia, sono una delle gioie della mia vita. Non vedo l'ora di vederli crescere. Non c'è niente al mondo che non farei per tenerli al sicuro.

"Sì, se riesco a convincere Rhys a ridurre la scorta di guardie del corpo. Oh, cavolo! Devo andare, tesoro. Henry ha fame, e se Rhys lo prende in braccio, beh..." La sua voce si affievolisce. Henry ha ereditato alcune caratteristiche della famiglia Constantine. Tra cui l'abilità *Aegis*, che lo protegge e fulmina qualsiasi cosa nel raggio di tre metri. Prevedo che i suoi primi anni di vita saranno un vero inferno.

"Okay, tesoro. Divertiti," dico mentre riattacco, accelerando il passo sul selciato irregolare. Indosso un paio di scarpe nere di camoscio con la punta aperta. Se le rovino, ucciderò Striker per principio.

Striker Voss è il mio socio in affari e il mio migliore amico. E quel cretino mi ha convinta a vestirmi elegante e a raggiungerlo in questo posto sperduto per andare in un club esclusivo. Non so come sia riuscito a ottenere di portarsi anche un ospite, e con le sue capacità, probabilmente è meglio che non lo sappia.

Eppure, eccomi qui, con addosso quello che credo sia il capo ideale per un locale di questo genere: un tubino blu reale di velluto degli anni Cinquanta, che lascia le spalle scoperte. Il corpetto arricciato e la gonna a tulipano lo rendono elegante e audace. Inoltre, le maniche a tre quarti lasciano intravedere i tatuaggi, quanto basta per stuzzicare la curiosità dei presenti, e il blu dell'abito si abbina perfettamente ai capelli, che di recente ho tinto di indaco.

Il rombo quasi silenzioso del motore che si avvicina distoglie il mio sguardo dalle scarpe e la mia attenzione dall'uomo dall'altro lato della strada. Il ronzio del finestrino che si abbassa è seguito dal fischio di apprezzamento di Striker. Si ferma in un parcheggio a una trentina di metri di distanza, ed esce dalla sua Tesla Roadster come se fosse un modello che sfila in passerella.

Striker è bello in un modo quasi ultraterreno. Capelli biondi mossi, lunghi fino alle spalle, zigomi così affilati da tagliare il vetro, una mascella da sogno e un paio di labbra che so per certo essere morbide e allo stesso tempo sode. Le ciglia che farebbero piangere una modella gli sfiorano gli zigomi quando sbatte le palpebre, e giuro che se non sapessi già che a letto non siamo compatibili, lo terrei in ostaggio e lo prosciugherei completamente.

Il problema è che so bene quanto siamo incompatibili. Una sfilza di margarita, che presto sono stati sostituiti dalla tequila pura, e uno spiacevole anniversario hanno portato a una goffa nottata insieme negli anni Quaranta. Striker è molto generoso – è comprensibile, data la sua specie – ma a letto ho bisogno di qualcuno che ami anche ricevere. E lui non potrebbe essere quel qualcuno neanche se gli puntassi una pistola alla testa. Così, niente più avventure piccanti con Striker. È stato imbarazzante per circa due secondi, poi ci abbiamo riso sopra e siamo andati avanti con le nostre vite.

Vivendo così a lungo, inezie quali andare a letto con il tuo migliore amico tendono a essere archiviate in fretta. A differenza della mossa meschina di trascinarmi in una zona malfamata con un abito da discoteca.

"Sì, lo so che sono bellissima. Ma potresti gentilmente dirmi perché mi hai fatta venire qui? Per l'amor del Fato!"

Di solito è Striker quello che si lamenta, ma stasera mi fa male la schiena per tutti i tatuaggi che ho fatto. Amo il mio studio, amo il mio lavoro, ma in una serata come questa preferirei immergermi nella mia vasca da bagno in giardino e gustarmi un bel bicchiere di vino, piuttosto che andare in un locale di cui Striker tesse le lodi da cinque anni.

"Ogni cosa a suo tempo. Ti avevo promesso che ti avrei portata nel locale più *in* della città. Ma prima di entrare, ci sono delle regole."

Regole?! Cos'ho, nove anni?!

"Ho quasi quattrocento anni, Striker. Non trattarmi come una ragazzina, perché non lo sono."

Striker mi rivolge un'impaziente alzata di sopracciglio, per poi continuare: "Come dicevo. Lascia che ti apra la porta. Solo i membri possono accedere all'edificio. Non pagare il barista. I drink sono gratis, la gente lavora solo per le mance. Che vanno messe nel barattolo. Non dare soldi in mano a nessuno! Se il barista ti tocca, capirà che non sei un membro, e questo sarebbe un grosso problema. Cerca di starmi vicina quando entriamo e, per l'amor del Fato, non andare sulla pista da ballo. È come un'orgia. Ho intenzione di restarti appiccicato come la colla, ma se dovessimo separarci, fa' attenzione. Giuro che questo posto è un casino. È come se le streghe avessero dato un'occhiata ai club dei Fae e avessero deciso di fare di meglio. Ah! Come se potessero competere con i club dei Fae."

Tutto questo discorso senza capo né coda mi fa capire che mi sta nascondendo qualcosa.

Aspetta un attimo...

"Non potevi portare nessuno, vero? Mi stai facendo entrare di nascosto! Hai perso completamente la testa?"

Anche se non sono mai stata in un locale per streghe, so che accettano soltanto i membri della congrega. Inoltre, i Rinnegati non sono ammessi. *Mai.* Striker mi aveva assicurato che poteva farmi entrare nel club di zona perché aveva un aggancio.

"Mi conosci, preferisco chiedere scusa che per favore. Dai, vieni! Ti ho mai consigliata male?" chiede, tirandomi per il gomito.

"Sì. Diverse volte nel corso dell'ultimo secolo."

"Okay, ma..." Si interrompe e apre la porta scricchiolante del magazzino che sembra essere spuntata dal nulla. "Guarda questo posto!"

Striker sta per mettermi in un mare di guai, ne sono certa.

2
MAX

STRIKER MI TRASCINA DI UN PASSO all'interno del magazzino e le strade di Denver svaniscono, la porta si chiude dietro di noi come se non fosse mai esistita.

Beh, non è per niente inquietante. Se fossi da sola, sarebbe bastato a farmi correre a gambe levate verso la porta... *che non è più lì.*

Non ci sono un portiere né un ingresso, solo una vasta stanza buia piena di gente che balla, beve e ride. Luci multicolori creano intricati disegni sul soffitto nero che sembrano brillare e muoversi di propria iniziativa, a differenza di qualsiasi luce stroboscopica io abbia mai visto.

Donne e uomini nudi ed eleganti sono sospesi a strisce di tessuto appese al soffitto e si esibiscono in una sorta di acrobazie erotiche sopra la pista da ballo. Dietro di loro c'è un bancone con baristi di entrambi i sessi a torso nudo che preparano da bere. Striker non mentiva: questo posto sembra un'enorme orgia.

"Ne prendo nota," mormoro, e Striker scoppia a ridere mentre mi conduce attraverso la folla verso un divanetto semicircolare di pelle rossa, nascosto in un angolo leggermente meno rumoroso. Il buio è attenuato solo dalla luce di una piccola candela posata su un tavolino in acciaio inossidabile, ma abbiamo una splendida visuale sulla pista da ballo e sullo spettacolo di puro edonismo che si svolge là fuori.

All'inizio mi limito a stare seduta e a guardare. Non sono affatto una puritana, ma sono nata nel diciassettesimo secolo, quindi mi ci vuole un po' per abituarmi. E sono una tatuatrice, non una suora, ma caspita... tutto questo è fuori dalla mia portata.

Non appena ci sediamo, una cameriera con un vestito dorato, e talmente trasparente che potrebbe anche essere nuda, ci porta due martini. Il mio è abbinato al colore del mio abito, quello di Striker al cremisi della sua cravatta. Rivolgo un sorriso gentile alla cameriera, guardandola in faccia e non altrove nel tentativo di essere educata, e le passo una banconota da venti per la rapidità del servizio. Tenendo a mente le parole di Striker, mi assicuro di non toccarle la pelle. Non so se la regola del barista valga anche per le cameriere, ma non è il momento di chiederglielo. Striker mi lancia un'occhiataccia, ma sa bene che, di norma, se non pago per quello che bevo, sono io a occuparmi della mancia.

La cameriera è magra e simile a un folletto, con i capelli biondi che le ricadono sulla schiena come un velo sottile; le sue labbra rosso scuro si incurvano in un sorriso grato e si allontana a passo leggero. Io e Striker incliniamo la testa per vedere se indossa la biancheria intima sotto l'abito sottile, il cui taglio ricorda una toga.

No, non la indossa.

Mi sento troppo vestita per questo posto. Come se dovessi essere nuda, o avere almeno un pagliaccetto o qualcosa del genere. È ridicolo. A parte Striker, che fa un figurone con il suo completo blu scuro, sono la persona con meno carne in vista di tutto il locale. Inarco un sopracciglio verso Striker, con un'espressione da 'e che cazzo'.

"Quando hai parlato di orgia, non mentivi."

Si sistema sul divanetto e un sorriso maligno gli tende le labbra. "Ti comporti come se di solito esagerassi."

E proprio stavolta doveva essere sincero. "È così, e lo sai."

Riflette per un attimo sulla frecciatina, prima di scrollare le spalle con nonchalance. "Okay, ma stavolta non l'ho fatto, quindi la mia media dovrebbe essersi abbassata."

Come se cambiasse qualcosa.

"Ah, sì, si è proprio abbassata."

Striker annuisce, sorseggiando il suo martini, e ci mettiamo comodi per ammirare la dissolutezza che ci sfila davanti agli occhi. Sembra che sulla pista da ballo stiano facendo il trenino, con tanto di peni in vista. Piego la testa da una parte e dall'altra. Ce ne sono di grandi, di curvi, di medie dimensioni. Ce ne sono *tantissimi.* E sono abbastanza sicura che un paio di acrobati lo stiano facendo tra i nastri.

Sul serio, tutto questo è meglio di un porno.

"È un sex club?" chiedo, osservando una donna dai capelli verdi, coperta di rampicanti, che si infila tra due uomini con i capelli scuri e inizia a darci dentro. "Mi hai portata in un dungeon per streghe, Striker?"

Ha il coraggio di stamparsi in faccia un'espressione offesa. "Ma certo che no! Questo è un normalissimo club. I sex club sono molto peggio."

Come fa un locale a essere peggio di così? Non riesco a concepirlo.

Siamo seduti da una decina di minuti quando

Striker riceve la visita di una bionda statuaria che lo supplica di ballare con lui. Per 'supplicare' intendo dire che invece di parlargli direttamente, gli si siede in grembo e gli dà un bacio appassionato sulle labbra, cercando nel frattempo di sbottonargli i pantaloni.

Devo darle atto che è davvero sexy con quei pantaloni di pelle nera e un bustier di pizzo rosa trasparente. Inoltre, ha delle risorse notevoli. Non devo nemmeno sforzarmi per vederle i capezzoli, quindi so che Striker sta praticamente sbavando per lei. Nonostante non sia dell'altra sponda, sto sbavando anch'io.

Cosa ci mettono in questi drink?

Striker mi lancia un'occhiata interrogativa, e sarei un'amica di merda se non gli permettessi di godersela un po'. Lo liquido con un gesto della mano, sollevandolo dall'incombenza di farmi da babysitter.

Ma anziché guidare Striker verso la pista da ballo, la ragazza con il bustino rosa cambia direzione all'ultimo secondo. Lo spinge verso un uomo alto con un completo nero e un vago aspetto da malavitoso, ma in modo sexy. Con i capelli scuri pettinati all'indietro e quei penetranti occhi azzurri, ho la sensazione che non vorresti mai incrociarlo in un vicolo buio... ma di sicuro non passa inosservato.

Sembra che Striker lo conosca, e il suo atteggiamento non suggerisce che sia nei guai, quindi gli lascio la sua privacy e torno a osservare la gente, permettendo che l'alcol mi sciolga un po'. Tutti si stanno divertendo così tanto che mi chiedo se stiano pompando felicità dalle bocchette dell'aria o qualcosa del genere. Di solito, in un locale c'è sempre qualcuno di cattivo umore, una ragazza che piange o qualche tizio che litiga in un angolo. Ma qui non c'è niente di simile.

È per via dei drink, dell'atmosfera o della mancanza di esseri umani?

Bevo un altro sorso e continuo a guardare, con le labbra che formicolano mentre la nostra cameriera vestita di niente ci porta un paio di shot. Bevo sia quello blu che quello rosso, senza preoccuparmi minimamente di chiedere cosa contengano.

La stanza si inclina un po' e i colori vorticano frenetici, le luci sono talmente belle e liberatorie da farmi dimenticare che non dovrei essere qui.

Sono seduta da sola a sorseggiare il mio terzo martini blu quando un uomo si lascia cadere sul nostro divanetto. È così buio e nascosto qui che non riesco a distinguere bene il suo volto, ma vedo la pienezza delle sue labbra e il bianco abbagliante del suo sorriso che contrasta con la pelle liscia e scura. Mi chiede un sorso del mio drink, la sua voce è roca e profonda.

"Non credo proprio." Rido, incredula. Voglio dire, chi si crede di essere per sedersi qui e chiedermi da bere? Non importa quanto sembri carino. O quanto i suoi pettorali e i suoi bicipiti sembrino esplodere da sotto la maglia.

Okay, forse un po' importa, ma... dannazione. È il *mio* drink.

"E perché no, bellezza?" La sua voce è come le fusa di un felino della giungla, ed è altrettanto agile ad avvicinarsi. Ha un profumo meraviglioso. Sa di maschio, con un sottile accenno di un'ottima acqua di colonia. I suoi occhi scuri sembrano neri nella luce fioca, ma indipendentemente dal loro colore, mi fanno sentire inchiodata al divanetto come una farfalla in vetrina.

"Puoi prenderti da bere da solo." Sono abbastanza sicura di non voler che la mia voce suoni così roca, e indubbiamente non voglio essere così civettuola.

"Non senza far capire al barista che non appartengo a questo posto," risponde, scivolando ancora più vicino. Mi sporgo appena verso di lui, e non so se è perché siamo circondati da un centinaio di persone che fanno sesso, se è a causa di tutto l'alcol che ho ingurgitato, o se è solo per il suo aspetto, ma sono seriamente attratta da quest'uomo misterioso che sembra essermi caduto tra le braccia.

Datti una regolata.

"Siamo in due. La cameriera mi ha portato il mio. Aspetta che torni e puoi ordinare," suggerisco, cercando di riprendere il controllo della situazione. Bevo un sorso per farmi forza.

"Ci vorrà un'eternità. Cosa devo fare per convincerti a condividere?" domanda. Mentre parla le sue labbra sfiorano le mie, la sua lingua assaggia l'alcol che ancora le inumidisce.

E poi ci stiamo baciando. Non sono certo il tipo che bacia un perfetto sconosciuto che probabilmente non riuscirei nemmeno a identificare in un confronto all'americana, ma a questo punto o sono ubriaca per via di qualunque magico intruglio abbiano messo nei martini, oppure sono semplicemente attratta da lui, dato che mi ritrovo a sollevare in fretta la gonna dell'abito per potermi mettere a cavalcioni su di lui.

Il calore del suo corpo contro il mio, delle sue labbra sulle mie, soddisfa un desiderio che non sapevo di avere. Le sue dita affondano nel corpetto e stanno quasi per raggiungere uno dei miei capezzoli, quando si odono un forte scoppio e delle urla. Ci blocchiamo entrambi, con le sue mani che mi stringono i fianchi, prima che io venga strappata dal suo grembo. Il tocco caldo di Striker mi circonda il bicipite mentre la nebbia si dirada dalla mia mente, e mi abbasso la gonna.

L'uomo che stavo cavalcando emette un ringhio malvagio, ma Striker mi sta già strattonando via da lui e verso una porta laterale.

"Dobbiamo andare. In fretta. È una retata. È meglio non farsi trovare a meno di dieci chilometri da qui," grida, trascinandomi via dalla folla che si allontana dalla pista da ballo. Urlano tutti. Inciampo, rischiando di cadere con la faccia a terra, ma Striker riesce a impedirlo all'ultimo momento.

Non so cosa stia succedendo, ma ci capisco abbastanza da rendermi conto che si tratta di qualcosa di brutto. Il locale non è autorizzato? E chi diavolo sta facendo una retata in un posto del genere? Non è che esista la polizia delle streghe. O forse sì, e io non ne sono al corrente perché sono stata cacciata dalla mia congrega secoli fa.

La luce rossa della magia ci sfreccia accanto ed esplode contro il muro, sigillando una porta laterale e tagliandoci la via di fuga più vicina. Striker emette un ringhio che gli vibra lungo il braccio, e capisco che siamo nella merda. Svoltiamo a sinistra, superando la folla nuda che si accalca verso l'uscita. Rischio di cadere di nuovo, ma stavolta Striker è pronto e mi solleva sulla spalla in una presa da pompiere, mozzandomi il fiato. Si muove molto più in fretta, senza dovermi aspettare.

Prima ancora che possa rendermene conto, mi ritrovo sul sedile del passeggero della Tesla di Striker e schizziamo via nella notte, lasciandoci alle spalle quello strano piccolo club e un'infinità di domande.

Ma non dimenticherò mai ciò che ho visto lì o il bacio che mi ha risvegliata.

3
MAX

APRIRE IL MIO STUDIO E PREPARARLO PER l'arrivo dei clienti è una delle parti della giornata che preferisco. Mi ci è voluto molto tempo per smettere di svegliarmi spaventata e andare nel panico prima di addormentarmi.

Sei mesi fa sono morta aiutando i miei amici. Mi è già successo in passato, ma stavolta temevo davvero che non sarei più tornata indietro. Un'altra strega ha prosciugato la mia energia cercando di spezzare uno dei miei incantesimi protettivi, un sortilegio che teneva al sicuro i miei amici. Stupidamente, l'ho legato alla mia energia vitale; così, quando il mio cuore ha smesso di battere, la protezione è svanita.

È stata la morte peggiore di tutte. Di gran lunga peggiore della prima.

Controllo il calendario, assicurandomi di essere pronta per l'arrivo di Alice, che vuole incorporare un teschio composto interamente di fiori nel tatuaggio che le avvolge tutto il braccio. Prendo il disegno e preparo la mia postazione.

Quando arriva per l'appuntamento, Alice mi racconta del suo ragazzo: teme che la stia tradendo. Vorrei aiutarla, ma l'ultima volta che ho lanciato un incantesimo per costringere qualcuno a dire la verità, mi si è ritorto contro. Perciò preferisco non espormi e mi comporto come farebbe una persona normale, annuendo nei momenti opportuni. Una volta terminato il tatuaggio, spruzzo del sapone verde sulla carta assorbente e rimuovo l'inchiostro in eccesso, rivelando i colori vivaci dei fiori.

Ecco. Questo è il motivo per cui amo il mio lavoro: un tatuatore è come un prete o un terapeuta, ma senza dover seguire lezioni noiose o obbedire a regole idiote. Vedo che Alice si sente già meglio nell'ammirare il disegno finito, e sono stata io a metterle quel sorriso sulle labbra. Dopo aver saldato il conto, accolgo un nuovo cliente, e così via. Nel frattempo, arrivano anche gli altri miei artisti.

Quando inizia il turno serale, controllo di nuovo

l'agenda. Striker dovrebbe arrivare più tardi, e non ricordo di aver preso l'ultimo appuntamento della giornata.

Strano.

Mi siedo sullo sgabello, la macchinetta per i tatuaggi ronza nella mia mano. Il tizio seduto sulla sedia è uno stronzo del peggior tipo, e sono tentata di fargli un tatuaggio orribile per principio.

Non lo farò, ma mi piacerebbe molto.

Il disegno, realizzato dalla sottoscritta, è a tema nautico e ricorda i vecchi tatuaggi di Sailor Jerry, ma con un tocco di realismo in più. Sono anche tentata di usare il mio inchiostro speciale per le onde su cui sto ancora lavorando, lo stesso che adopero quando voglio intessere un incantesimo nella pelle di qualcuno. È il genere di incantesimo che tiene i cazzi nei pantaloni, i pugni lontani dalle donne e fa sì che le osservazioni maleducate provochino un sapore disgustoso in bocca.

Non sono mai stata molto brava a seguire le regole, nemmeno le mie. Anzi, soprattutto le mie.

"Allora, piccola, cosa ne dici?" Il tizio mi lancia un'occhiata lasciva, il suo sguardo è puntato sulla mia scollatura. Il suo nome mi sfugge. Mark? Mike? Matthew? Giuro di averlo letto sui suoi documenti, ma ero troppo disgustata dall'aria che emanava per controllare bene. Nonostante la maschera attraente e l'accento britannico, quest'uomo non mi convince per nulla.

Non si accorge che alzo gli occhi al cielo, mentre aggiungo altro grigio al tatuaggio. A prima vista sembrerebbe un bell'uomo: capelli scuri, freschi di barbiere, occhi azzurro ghiaccio, lineamenti scolpiti, muscoli ben definiti. È vestito con una maglietta di una band slavata e un paio di jeans. Sì, sembrerebbe un bell'uomo, se non parlasse con quel tono misogino e condiscendente, o se le sue espressioni facciali non lo tradissero come il coglione che è in realtà.

Ma conosco quelli come lui, so esattamente di cosa sono capaci. Sono stata uccisa da uomini simili più volte di quante ne possa contare.

Di norma, lo ignorerei. Gli stronzi sono ovunque, e io sono costretta ad averci a che fare fin troppo spesso, essendo una tatuatrice donna con una quinta di seno e una propensione per top scollati e pantaloni attillati. Non posso ucciderli tutti, giusto?

Ma questo in particolare ha una ragazza molto incinta che lo sta aspettando sul comodo divano dello studio. Riesco a vedere il suddetto divano da un'apertura tra i paraventi giapponesi che separano la mia postazione dalle altre, offrendo la privacy necessaria ai miei clienti.

È accanto al bancone con la parete specchiata, e seduto al bancone, in attesa del suo prossimo appuntamento, c'è Striker. Sta tenendo compagnia alla giovane dall'aria dolce e forse un po' ingenua, chiacchierando con lei e offrendole un bicchiere d'acqua. Nel frattempo, i suoi occhi ambrati la osservano da capo a piedi.

Incrocia il mio sguardo e mi rivolge 'l'occhiata'.

La odio. Quell'occhiata mi ha causato più guai negli ultimi cento anni di quanto lo abbiano fatto tutte le mie bravate messe insieme nei due secoli precedenti. Fanculo quell'occhiata. Ma se me la sta rivolgendo, so per certo che non posso ignorarla.

Questa storia degli amici del cuore è una stupidata.

Sono ancora arrabbiata per il club di streghe dove mi ha portata; tra l'altro, è stato proprio in quell'occasione che mi ha rivolto 'l'occhiata' l'ultima volta. Mi ricorda delle labbra, della lingua e dei denti di un altro uomo, mi ricorda i pochi minuti che abbiamo trascorso avvinghiati l'uno all'altra contorcendoci sul divanetto di quello strano locale. E quanto vorrei ricordare il suo volto. Sono passati mesi – quasi un anno, ormai – da quando l'ho visto per la prima e unica volta. Odio che il club fosse così buio. Odio che le luci stroboscopiche e l'effetto nebbia oscurassero il suo viso. Odio essere stata troppo ubriaca o troppo stupida per chiedere il suo nome. Odio ricordare solo il modo in cui la luce fioca accarezzava la sua pelle scura, o il modo in cui le sue labbra si incurvavano nel più bel sorriso di sempre.

Odio non ricordare di più.

Indispettita, riporto l'attenzione sul mio migliore amico, che mi sembra stia osservando la ragazza con un'aria sempre più preoccupata.

Striker è un empatico, appartiene a una specie di streghe che si è quasi estinta nel corso del quindicesimo secolo. La famiglia di Striker è stata uccisa da una congrega rivale, che non voleva essere spiata. Incuranti del fatto che gli empatici hanno sempre cercato di tagliare fuori le emozioni altrui per non impazzire, e che di sicuro non avrebbero mai provato a manipolare quelle streghe, sempre che non fosse assolutamente necessario. Dato che la magia delle emozioni è l'unica che possono praticare, gli empatici sono generalmente considerati alla stregua di esseri umani parecchio longevi. Io so che si sbagliano, ma sono una dei pochi.

Striker non sarebbe così amichevole e premuroso se la ragazza non ne avesse realmente bisogno, incinta o meno. Lui dà solo ciò che serve alla gente, e deve percepire la stessa cosa che percepisco io: questa ragazza si trova in una brutta situazione. Le possibilità di cosa possa esserci che non va sono infinite, dal bambino alla famiglia, ma so per certo che l'uomo seduto davanti a me è il problema principale.

Lo stesso uomo che in questo momento sta cercando di sbirciare meglio nella mia scollatura, e se si muove di un altro millimetro potrei dimenticare il mio fragile rapporto con i leader della congrega di questo stupido Paese e spezzargli il suo insignificante collo.

"Fatti un bel pisolino," dico allo stronzo sulla mia poltrona, schioccando le dita. I suoi occhi si chiudono all'istante e il capo gli ricade sul poggiatesta coperto di plastica con un tonfo soddisfacente.

Ah! Molto meglio.

Lo lascio lì a dormire e mi alzo dallo sgabello. Indosso il mio paio preferito di scarpe con la punta aperta in vernice blu elettrico. Il tacco è più grande del cazzo medio di un uomo e si abbina bene ai pinocchietti neri, alla canottiera magenta e ai miei caratteristici capelli blu.

"Okay, non abbiamo molto tempo prima che si svegli. Cosa sta succedendo? Ti picchia? Non vuole il bambino? So per certo che è uno schifoso traditore, dato che mi ha appena proposto una lunga notte in cui io possa dargli 'ciò di cui ha bisogno', scendendo in dettagli molto espliciti. Quindi, cos'altro c'è che non va?"

"Co... cosa? Cosa sta succedendo?" balbetta la ragazza, incapace di comprendere le mie domande.

Forse è perché l'ho superata di trecento anni qualche decade fa, o forse sono solo stanca, ma mi sembra così giovane. Se dovessi indovinare la sua età, direi vent'anni al massimo, anche se credo sia più vicina ai diciotto. Ha i capelli scuri e lucidi, la sua pelle ha il colorito roseo di una donna incinta accaldata e i suoi occhi azzurro pallido creano uno splendido contrasto con l'abbronzatura. Se non fossero spalancati dalla paura, e se dietro il sorriso svanito già da un po' non avesse un'aria così disperata, nessuno saprebbe che non è felice.

Striker interviene con il suo solito atteggiamento pacato e la sua voce rassicurante, aggirando il bancone a specchio per sedersi accanto a lei. Questo mi coglie di sorpresa. Non è sua abitudine avvicinarsi troppo a una persona che soffre: lo farebbe sentire uno schifo.

"Sappiamo che sei nei guai. Sappiamo che sei disperata e che stai soffrendo. Siamo disposti ad aiutarti a metterti al sicuro. Facci sapere come possiamo aiutarti," dice con 'la voce'. Quella che usa quando vuole calmare la gente. È intrisa di potere, e funziona solo con gli umani. Se non fosse uno dei migliori tatuatori del Paese, gli consiglierei di diventare un negoziatore di ostaggi. Non so quante persone abbiano rivelato i loro segreti a Striker senza nemmeno rendersene conto.

"Ie... ieri ha trovato i soldi che avevo nascosto per scappare con il bambino. Prima che rimanessi incinta, mi picchiava dalla mattina alla sera. Ma ora che sa che sta per avere un figlio, vuole che partorisca... e poi me lo porterà via. L'ho sentito parlare al telefono con qualcuno. Mi ucciderà non appena avrò messo al mondo il mio bambino. Lo vuole vendere. Non... non so cosa fare. Ho provato ad andare alla polizia, ma..." Si interrompe per un attimo. "So che mi troverà. Lo so." La sua voce si riduce a un sussurro tremante. Le sue spalle si sollevano in un singhiozzo e inizia a piangere.

Striker non deve aver usato molto potere, perché in genere quando qualcuno viene ipnotizzato, la sua voce è piatta e monotona. E di certo non ci sono lacrime.

"Come ti chiami, tesoro?" Mi accovaccio accanto alle sue ginocchia tremanti.

"Me... Melody. Melody Danvers," balbetta, prendendo il fazzoletto immacolato che le offre Striker. Si asciuga il viso e abbassa gli occhi. Conosco bene quello sguardo. È lo sguardo di chi è stato picchiato, di chi è stato umiliato. Ho avuto quello sguardo molte volte, quando ero poco più giovane di lei, e l'ho avuto per molto più tempo di quanto avrei voluto.

La tirerò fuori da questa situazione, fosse l'ultima cosa che faccio.

"Va bene, Melody. Io e Striker ci prenderemo cura di te. Non preoccuparti. Hai una famiglia? Hai degli amici che possano ospitarti?" Spero di ricavare qualche informazione utile. Di sicuro io non avevo una famiglia su cui contare. Se lei ce l'ha, dovrebbe considerarsi fortunata.

"Sì. La mia famiglia vive a est, in una cittadina dell'Indiana. Micah non sa dov'è. Crede ancora che venga dal Kansas, l'idiota." Melody si asciuga il naso con il fazzoletto di Striker e si sbava il mascara. "Dimostra quanto sono stupida, vero? Il mio ragazzo buono a nulla non sa nemmeno da dove vengo." I suoi occhi ricominciano a riempirsi di lacrime, mentre fissa un punto in lontananza. Ma poi scuote la testa e stringe i denti. La ragazza ha grinta, glielo concedo.

"Ottimo. Significa che non saprà dove cercare. Io e Striker faremo una breve riunione logistica e poi ci occuperemo della faccenda. Vuoi qualcosa da mangiare? Da bere?"

"No, no, sono a posto," risponde Melody con una vocina flebile e un'espressione grata.

"Okay, tesoro. Torniamo tra un attimo." Afferro Striker per un gomito e lo conduco nell'ufficio che condividiamo.

"Dimmi che hai un piano, Striker," sussurro furente, incrociando le braccia sotto il mio petto generoso.

I suoi occhi si abbassano per una frazione di secondo prima che un lento sorriso gli incurvi le labbra. "No, ma ora sì."

Questo non mi fa presagire nulla di buono.

4

MAX

"No. Non succederà." Alzo la voce, ma poi la abbasso in fretta, prima di perdere la testa. "Non esiste che seduca quel pezzo di merda. L'ho fatto addormentare. Gettiamolo in un cassonetto da qualche parte e diamo a lei un bel vantaggio. È inutile complicare troppo le cose."

Scocco a Striker un'occhiata omicida che deve aver visto tre volte al massimo nell'ultimo secolo. Un'occhiata con cui gli faccio presente che non mi avvicinerò ulteriormente a quel tizio, soprattutto ora che so di cos'è davvero capace. Chi farebbe del male a una donna incinta? Che diavolo ha la gente, di questi tempi?

"Va bene." Alza le mani in segno di resa. "Seguiremo il tuo piano. Prendo dei soldi in cassaforte in modo che Melody abbia qualcosa per il viaggio, ma mi devi un favore. Il mio piano avrebbe giocato con i suoi sentimenti e gli avrebbe impedito di seguirla per un po', ma sei tu il capo."

Che schifo.

"Hai ragione, sono io il capo." Mi dirigo a grandi passi verso la porta mentre lui gira la manopola della cassaforte. Schioccherei le dita per aprirla, ma è una cassaforte speciale, anti-magia, dotata di incantesimi sufficienti a far esplodere le dita a una divinità, se provasse ad aprirla senza la combinazione.

Sarò anche autodidatta, ma sono un prodigio. *Grazie, grazie.*

Attraversando lo studio, lancio un'occhiata a Micah per assicurarmi che stia ancora dormendo. Poi aiuto delicatamente Melody ad alzarsi.

"Okay, ti portiamo via da qui. Va bene?" confermo prima di prenderla a braccetto e afferrare la borsa. Andiamo verso l'uscita sul retro, pronte a salire sulla mia auto parcheggiata lì fuori, quando tutto sembra accadere nello stesso momento.

Una mano rovente mi afferra il polso e mi tira indietro. Striker esce di corsa dall'ufficio, attirato dal mio urlo agghiacciante.

Ma non mi giro verso di lui, perché non riesco a

pensare a nulla che non sia il volto distorto di Micah e i suoi occhi rossi e fiammeggianti.

Non so cosa sia, ma Micah non è sicuramente umano.

Houston, abbiamo un problema.

È da un bel po' che sono al mondo, anche se non tanto quanto alcuni, e sono consapevole della mia ignoranza sugli Eterei. Quasi tutto quello che so l'ho imparato da sola, quindi potrei riempire una biblioteca intera con le cose di cui sono all'oscuro. Ma la cosa più importante che non so è perché cazzo il tocco di quest'uomo brucia, e come diavolo ho fatto a non capire che non è umano.

Micah stringe la presa, spingendo il dolore più in profondità nei tessuti, nelle ossa del polso e lungo il braccio, fino al cuore. Sento il bruciore ovunque, così forte che riesco a malapena a parlare, a ragionare. Tutto ciò a cui penso è *dolore, dolore, dolore*, e poi la mia mente viene risucchiata nel vuoto profondo dei ricordi. Intrappolandomi in quello che cerco di cancellare con tutte le mie forze: il ricordo dell'ultima volta che sono morta.

Ho mal di testa e il mio corpo brucia. Mi sa che stavolta è fatta. Dubito che mi sveglierò, quando sarà tutto finito. Temo che sia l'ultima volta. Avrei voluto essere più intelligente. Avrei voluto conoscere un modo migliore per tenere tutti al sicuro.

Avrei voluto imparare di più, prima di morire per la prima volta.

Qualcosa mi sta prosciugando e, se dovessi tirare a indovinare, direi che è qualcuno più forte di me, che sta rompendo l'incantesimo che ho stupidamente legato alla mia forza vitale. Che idiota, ero convinta che nessuno sarebbe riuscito a spezzarlo.

"Ehm... ragazzi?" *Barcollo, la mia voce è flebile. Sta succedendo più in fretta di quanto pensassi. Ian mi regge prima che cada.*

"Qualc... qualcuno sta cercando di distruggere il mio incantesimo protettivo. Qualcuno sta provando a entrare in casa," *avverto i miei amici. Aurelia deve andarsene, deve proteggere i figli.*

Tutti si preparano all'inevitabile, ma la mia visuale si restringe sulla mia migliore amica e sulla sua bambina, che tiene tra le braccia.

Hanno bisogno di magia, ma io non posso più aiutarle. Non mi è rimasto nulla e glielo dico.

"No. Ti prego, dimmi che non lo hai fatto," *mi implora Ian, tremando. La sua espressione è devastata, una maschera di incredulità e dolore così acuto che riesce a malapena a respirare. Non capisco perché. Non capisco perché gli importi. È lo stesso uomo che mi ha odiata fin dal primo momento, che litiga con me a ogni occasione. Che insiste nel lanciarmi insulti ogni volta che ne ha la possibilità.*

Ma adesso è infinitamente triste.

"Non posso... Dovevo renderlo più forte. Non... non potevo lasciarvi senza protezione. Dovevo fare la mia parte," ansimo. Mi sento mancare, la mia visuale si restringe sempre di più.

"Cos'hai fatto?" sussurra Aurelia.

"Ho rinforzato l'incantesimo. L'ho legato al mio potere. Quando si spezzerà... Beh, avrete un uomo in meno." Sto cercando di alleggerire un po' l'atmosfera, perché i miei amici non sanno. Non sanno quante volte sono morta. Non sanno cosa sarei disposta a sacrificare per proteggerli.

Anche se fosse l'ultima volta. Non sono mai morta così. Non so se tornerò. È peggio della prima volta. All'epoca non avevo nulla per cui valesse la pena vivere.

"Dovevo tenere al sicuro i tuoi figli. Meglio io che loro. Ho vissuto a lungo. Sybil ha ragione. La magia. Usala. Sii creativa e porta quei bambini via da qui. Sta arrivando. Prendili e rifugiatevi da qualche parte," la avverto, ed è l'ultima cosa che dico.

Inspiro con un rantolo, ma poi non ci riesco più. Il mio corpo si affloscia, le forze mi abbandonano e la vista si offusca.

È tutto nero.

Un vuoto da cui non posso fuggire.

L'urlo che mi esce dalla bocca sembra strapparmi al ricordo della mia paura peggiore. Morire non mi spaventa. Restare morta, invece, sì. E quest'uomo, *questo essere immondo*, mi sta facendo rivivere tutto apposta. Lo so, perché la gioia che prova nel farmi soffrire è scolpita nei suoi lineamenti. Ma è sufficiente a svegliarmi, a farmi ignorare per un attimo il dolore e pronunciare affannosamente un incantesimo che dovrebbe rallentarlo.

"*Mille vulnere,*" mormoro, schioccando le dita della mano sinistra. *Mille tagli.* Non sono molto ottimista, temo che non gli causerà molto di più che qualche taglio da carta, ma devo provarci.

Allo schiocco, Micah sibila e allenta per un attimo la presa, mentre dei tagli gli sfregiano il viso. Dalle ferite aperte esce sangue nero come la notte, un'altra nota nella colonna 'ma che cazzo?!'. Ripeto ancora una volta l'incantesimo e riesco a divincolarmi.

Ma nonostante il mio incantesimo, non sono l'unica vittima della sua magia. Striker si è messo davanti a Melody, proteggendola con il suo corpo, ma è immobile e sollevato per il collo da una mano invisibile. Sfiora appena il pavimento con la punta delle scarpe. Sembra che i tagli inflitti a Micah non gli abbiano fatto un baffo.

Portarci via da qui è la mia priorità assoluta, ma non ho abbastanza energie per farlo. Sarei in grado di trasportarci tutti, se fossi al massimo delle forze, ma in questo momento mi sento debole come un fagiolo bollito. Il mio cervello è sottosopra, ogni cosa sembra distorta e confusa.

Schiudo le labbra per mormorare di nuovo l'incantesimo, ma prima che possa riuscirci, vengo spinta indietro attraverso lo studio, finendo a sbattere la schiena contro la parete. E rimango appesa, con i piedi che stentano a toccare il pavimento, retta da una mano invisibile che mi stringe la gola.

Micah sorride, i suoi occhi rossi brillano di una magia che non ho mai visto prima. Non ho la più pallida idea di cosa possa essere e, onestamente, non sono sicura di volerlo sapere. Prima mi metteva a disagio, adesso ho proprio paura.

La mano incorporea mi stritola il collo, ma riesco a pronunciare con voce strozzata l'unico incantesimo che mi viene in mente per salvarmi il culo. *"Exilium."* *Esilio.*

Micah viene spinto indietro e la morsa sulla mia gola si scioglie, permettendomi di trarre un respiro profondo e tremante. *"Exilium,"* gracchio, e Striker collassa a terra tossendo.

Micah viene spinto indietro di nuovo, e la patina maligna che si lascia dietro nell'aria si schiarisce. Sento la magia crescere dentro di me e ribollire come un vulcano pronto a eruttare. *"Exilium!"* urlo un'ultima volta. La luce verde dell'incantesimo mi esplode dalle mani. Specchi e vetri si frantumano, l'intonaco delle pareti si crepa, le lampade ronzano e scoppiano, spargendo frammenti di vetro e scintille su di noi. Provo una piccola soddisfazione nel vedere la faccia di Micah mentre viene scaraventato attraverso la vetrata dello studio, finendo in strada.

Sento il formicolio rovente del sangue che mi cola dal naso, e il mondo inizia a vorticare. *Troppo. Ho usato troppa magia*, penso, accasciandomi sul pavimento. L'unica consolazione sono il clacson assordante e quello che spero sia il rumore disgustoso di Micah che viene spappolato da un camion, prima che il mondo finisca un'ultima volta sottosopra e il mio corpo ceda.

È tutto nero, e sto iniziando a odiare l'oscurità.

MI SVEGLIO CON UN MAL DI TESTA ATROCE, stesa su un divano molto familiare. È mio: di pelle grigio ardesia, incredibilmente morbido. Sono in una posizione scomoda, con il polso ustionato intrappolato sotto di me, ma almeno sono senza scarpe, un vantaggio non da poco.

Sento il rombo della voce di Striker da qualche parte nella mia casa e i toni deboli ma isterici di Melody che gli chiede cosa diavolo sta succedendo. La capisco. Tutto ciò che ha sempre saputo è appena stato stravolto. Ma lascerò che sia Striker a darle spiegazioni. Diamine, potrebbe persino riuscire a calmarla, sebbene anche le sue capacità abbiano dei limiti.

Abbandono il divano e le scarpe per andare alla ricerca del mio migliore amico e della nostra nuova protetta. Trovo Striker che cinge Melody in un tenero abbraccio, con le labbra che le sfiorano la fronte. È dolce e straziante, e odio che le sia successo tutto questo, ma sono anche contenta che oggi sia venuta nel nostro studio.

Lascio soli i miei ospiti ed esco dalla porta principale. Non so cosa fosse Micah e non voglio saperlo. Ciò che so è che questa casa ha bisogno di un incantesimo di protezione. Mi faccio strada nell'erba fresca, mi fermo davanti al muro di pietra che circonda la mia proprietà e inizio a cantilenare.

Non proteggo le case come fanno le altre streghe. Il che ha senso, dato che non sono una strega normale. In teoria, dovremmo imparare incantesimi e sortilegi prima ancora di imparare a leggere, perché la magia scorre dentro di noi come l'acqua. Ma la mamma non mi ha mai insegnato il modo giusto di fare nulla. Non mi ha insegnato nemmeno le abilità basilari che ogni strega è in grado di fare. Perché era troppo impegnata a nascondere le mie doti innate e a mantenere la sua posizione.

Ha detto che ero troppo potente, che il mio corpo racchiudeva troppa energia. Non poteva fidarsi di me, ha detto. Ha detto che se non avessi smesso di sfoggiare le mie abilità, le avrebbe vincolate, lasciandomi indifesa come un essere umano.

Sono sorpresa che non lo abbia mai fatto, che non mi abbia mai privato dei miei poteri per salvaguardare il suo prezioso status. Immagino che tornare dalla morte solo per poi essere bandita dalla mia congrega sia stata una punizione sufficiente. Ancora oggi non so se fossi davvero troppo potente per lei o se le mie capacità la mettessero semplicemente in imbarazzo.

Presumo che non lo saprò mai.

Affondo le dita dei piedi nell'erba bagnata, mormorando gli incantesimi di protezione che dovrebbero tenerci al sicuro. Qualunque cosa fosse Micah, questo dovrebbe impedirgli di avvicinarsi. La mia unica speranza è che sia morto, o che la mia reazione l'abbia messo al tappeto abbastanza a lungo da non riuscire a seguirci. Ma sapendo quello che so sugli Eterei, temo che Micah sia ancora fin troppo vivo.

Cammino tre volte lungo il perimetro della mia proprietà, tracciando un sigillo di protezione sul terreno ogni tre metri circa. Sono al quarto giro su dieci quando Striker mi trova.

"Non ti sembra di esagerare?"

"Sappiamo entrambi che non è un'esagerazione. Questa è a malapena la punta del maledetto iceberg." Perché qualcosa mi dice che ci aspetta un'infinità di dolore.

5

MAX

OSSERVANDO NUOVAMENTE LA TRANQUILLA strada residenziale in cui si trova la mia casa, mi chiedo se i miei vicini sappiano chi sono davvero. Mi chiedo se qualcuno di loro sia anche solo un po' come me. Solo. Emarginato. Che arranca giorno dopo giorno, ancora ferito da un dolore che non vuole saperne di andarsene. A volte mi chiedo cosa pensino di me, della donna tatuata dai capelli blu che cammina in tondo nel suo giardino, bruciata e insanguinata.

È un miracolo che nessuno abbia ancora chiamato la polizia.

Ma poi mi ricordo dell'incantesimo illusorio che ho lanciato sui quattro punti del muro di cinta quando mi sono trasferita qui, quattro anni fa. Loro non mi vedono ferita e insanguinata. Mi vedono solo passeggiare nel mio giardino. Hanno anche l'impressione che io non voglia visite, quindi non mi parlano.

Nascondersi è una vita davvero solitaria.

"Mi dispiace dirtelo, ma a un certo punto dovrai tornare dentro," insiste Striker, mentre completo il decimo giro della proprietà. Sì, mi sto comportando come una pazza, ma Striker non ha visto quello che Micah mi ha infilato nella testa.

Non ha dovuto rivivere il momento peggiore della sua vita per il capriccio di uno stronzo perverso. La sua mente non è stata invasa e profanata. Rabbrividisco e mi asciugo il naso. Mi restano delle macchie rosse sulla mano, ma non posso permettermi il lusso di fermarmi adesso. Devo creare un incantesimo di offuscamento per ciascuno di noi e portare Melody via da qui.

"Sappiamo entrambi che sei più bravo di me con le persone. Spiegaglielo tu cos'è successo. Anzi, spiegalo anche a me. Perché non ho la più pallida idea di cosa fosse quel tizio." La mia voce raggiunge un tono quasi isterico. Alzo le mani, frustrata, e vado verso la serra. Il clima arido del Colorado non è favorevole alla coltivazione di alcune delle piante più delicate di cui ho bisogno per gli incantesimi, quindi me ne sono fatta costruire una quando ho ristrutturato la cucina. Per circa un mese, i miei incantesimi e la mia sanità mentale sono stati un disastro totale.

La struttura in acciaio nero opaco divide in due le pareti di vetro spesso, che si appoggiano a un muro di pietra alto due metri e mezzo; il muro era già presente nella proprietà quando l'ho acquistata. Ho fatto realizzare le fondamenta e la struttura da un saldatore esperto che aveva un'impresa edile. Ha eretto l'intera struttura a mano in meno di tre settimane, costruendo tutto il resto con una squadra. La parete posteriore è stata una seccatura, ma in questa parte della città i giardini non sono esattamente enormi, quindi ho dovuto arrangiarmi con quello che avevo a disposizione.

I ripiani in cemento sostengono i vasi più pesanti, mentre le mensole in cedro ospitano quelli più piccoli, con le erbe aromatiche. Sono riuscita a far installare l'acqua corrente e un lavandino, ma solo perché Striker ha incantato un tizio con la sua voce magica.

Striker si appoggia al lavandino – il frutto dei suoi sforzi – e incrocia le braccia sul petto. Riconosco questa posizione: è la sua posa seria. Ma non sono preparata a ciò che gli esce dalla bocca.

"Se dovessi azzardare un'ipotesi, direi un incubo.

Gli occhi rossi sono un indizio inequivocabile. Ha anche un certo potere, se è riuscito a camuffare la sua natura così bene che nessuno di noi due si è accorto che era un Etereo, quando è entrato."

Il mio cervello vacilla per un attimo prima che la consapevolezza prenda il sopravvento. Mi ha tradita. Striker ha sempre saputo cos'era Micah. Conosco Striker Voss da più di un secolo e non mi ha mai parlato di un incubo, *mai*, nemmeno una volta. Anche perché, a dirla tutta, è raro che parliamo delle questioni degli Eterei.

"Incubo? Prima di tutto, esistono davvero? E poi, quando avevi intenzione di dirmelo? Cazzo, Striker!" La voce mi esce in un grido stridulo, mentre strappo con violenza dei rametti di rosmarino, li infilo in uno dei mortai più grandi e inizio a pestarli.

Non riesco nemmeno a guardarlo in questo momento.

"Beh, scusami tanto. Non è colpa mia se tua madre non ti ha insegnato un cazzo sull'essere una strega o in generale un membro degli Eterei. E non te l'ho nascosto di proposito. Gli incubi sono rari. Non capita mica di incontrarli tutti i giorni per strada. Non mi ricordo neanche l'ultima volta che ne ho visto uno. Datti una calmata."

Oh, no, non mi ha appena detto di calmarmi.

"Darmi una calmata? Ti hanno appena mostrato il tuo ricordo più spaventoso? Hai dovuto riviverlo? Hai dovuto rivivere la tua morte peggiore? No? Allora taci e non azzardarti a dirmi di calmarmi, cazzo," ringhio. Il vaso della pianta di rosmarino si crepa sotto il peso del mio potere che riempie l'aria. Se non la smetto, farò esplodere le finestre della serra.

Ma è l'orrore sul volto di Striker a farmi calmare. È l'unico che mi è stato vicino, da quando è successo. Ho allontanato tutti dalla mia vita, tutti tranne lui. Ha percepito la paura che mi attanaglia. Una paura che non provavo dalla prima volta che sono morta.

"Mi... mi dispiace, tesoro. Non lo sapevo. Ero convinto che ti stesse solo bruciando."

La mia rabbia svanisce. In effetti, non poteva sapere cos'avevo visto.

"Beh, stava facendo anche quello. A proposito, devo preparare un impacco per la bruciatura, altrimenti si infetterà."

"Ce l'hai già pronto in casa. Insieme alle tue candele. Puoi fare gli stessi incantesimi anche in cucina, non devi per forza restare qui. Smettila di temporeggiare. So perché non vuoi entrare in casa, ma non puoi rimandare in eterno."

Per Striker sono come un libro aperto. È una cosa che odio. Ma non ha torto: non voglio entrare, perché non voglio affrontare Melody. Ci chiederà cosa fare, e non ne ho la più pallida idea.

"Non so cosa dirle. Le abbiamo assicurato che ci saremmo presi cura di lei, ma la situazione è molto più seria. Non si tratta semplicemente di un umano violento. Quello lo posso sistemare con un incantesimo e un amuleto, ma questo no."

Striker mi mette un braccio intorno alle spalle e mi guida fuori dalla serra, lungo il cortile e verso la porta della mia cucina. Nonostante il clima, ho diversi vasi di fiori sul patio che non hanno alcun scopo magico. Li tengo semplicemente perché adoro i fiori, e le streghe tendono a essere molto brave con il giardinaggio. È nella nostra natura.

"Solo perché non sai come risolvere la situazione, non significa che puoi tirarti indietro dopo aver promesso di aiutare. So di essere stato io a coinvolgerti in questo casino, tesoro, ma dovrai stringere i denti per un po' e darti una calmata, va bene?" Striker sgancia la bomba che non volevo sentire.

Borbotto qualcosa di incomprensibile e attraverso la porta con passo pesante. Supero Melody, che è seduta al tavolo della colazione, e mi dirigo verso il mobile bar. Avrò bisogno di un bel bicchiere di bourbon per affrontare tutto questo. Prendo la bottiglia e ne verso tre dita in un bicchiere da whisky, svuotandolo in due sorsi. Poi riempio di nuovo il bicchiere e mi siedo di fronte a Melody, incrociando a malincuore il suo sguardo.

"Non è morto, vero?" chiede lei, partendo subito con le domande difficili. Sembra così giovane, eppure la paura e il dolore nei suoi occhi mi dicono che ha già vissuto abbastanza inferni da bastarle per tutta la vita. Anche Striker deve percepire le ondate di terrore che emana, perché si è fermato alle sue spalle e le accarezza la schiena.

"Ne dubito, tesoro. Ne dubito fortemente."

"Era..." Si interrompe. Immagino che stia cercando di capire. "Non è umano. Credevo di stare impazzendo, ma non è così, vero? Ha gli occhi rossi. Non me lo sono immaginato." Sembra quasi sollevata, e mi chiedo quanto dello stress che Striker ha percepito provenisse dalla sua preoccupazione di essere fuori di testa.

"No, non è umano. E nel caso te lo stessi chiedendo, non lo siamo neanche noi." Non so se lo abbia già capito, ma preferisco non doverne parlare in un secondo momento.

Melody alza gli occhi al cielo come per dire 'Ma davvero?!', in un modo che solo le persone sotto i vent'anni riescono a padroneggiare sul serio, ma ammorbidisce l'espressione con un piccolo sorriso.

"Sì, l'avevo intuito. Ma voi siete a posto, vero? Voglio dire, non mi farete del male. Non siete come Micah."

Sembra troppo giovane per sopportare ciò che ha dovuto affrontare – e che sta ancora affrontando. Troppo giovane per avere il peso di un bambino in arrivo, troppo giovane per essere picchiata da un uomo. Non che ci sia un'età in cui tutto questo possa essere accettabile, ma che le sia successo ora...

"No." Reprimo un brivido. "Non siamo come lui. Ho rinforzato l'incantesimo che protegge la casa, quindi dovremmo essere tranquilli per stanotte. Cosa ne dici se ti preparo qualcosa da mangiare e ti sistemo nella stanza degli ospiti, e domattina capiamo come portarti via?"

Melody annuisce con un sorriso pieno di gratitudine, e spero che quando avrà davvero bisogno di me, sarò in grado di aiutarla.

MI RIGIRO NEL LETTO PER TUTTA LA NOTTE, finendo per rinunciare a dormire verso le due del mattino. Dovrei essere esausta. Dovrei essere svenuta nel mio enorme letto, ma la paura che mi attanaglia lo stomaco non me lo permette. Di solito dormo nuda, ma il fatto di avere ospiti in casa mi impedisce di farlo. La canottiera di seta e i pantaloncini abbinati dovrebbero essere comodi, ma purtroppo sono stretti. Forse è proprio questo il motivo. Le mie tette sono arrabbiate perché non possono muoversi liberamente e mi puniscono impedendomi di dormire. Preferisco questa spiegazione all'alternativa.

Perché l'alternativa è la preoccupazione assillante che le mie protezioni non siano abbastanza forti. Che l'amuleto che ho messo al collo di Melody non sia abbastanza potente. Che io abbia bisogno di molto più aiuto di quanto sia disposta a chiedere. Amo i miei amici. Amo tutto il clan Constantine. Ma il punto è che sono morta e risorta davanti a loro, e ho il terrore che mi vedano come mi vedeva mia madre. Non sopporterei il fatto di essere tagliata fuori dalle loro vite o che pensino che io sia qualcosa che in realtà non sono.

Quando mi sono svegliata dopo essere stata bruciata sul rogo, mia madre era convinta che qualcuno mi avesse maledetta. O che fossi una necromante. Non me l'ha neanche chiesto, limitandosi a cacciarmi dalla congrega senza pensarci un attimo.

Come se per lei fossi morta, come se non significassi nulla.

Non riuscirei a sopportarlo, se anche i miei amici facessero lo stesso. Sono l'unica vera famiglia che abbia mai avuto.

Getto via le coperte, brontolando per la mancanza di sonno, e lascio la mia stanza alla ricerca di un gelato. E magari un altro po' di bourbon. C'è un silenzio spettrale, non si sente nemmeno il solito scricchiolio della casa che si assesta causato dal caldo secco del Colorado. È inquietante e non mi piace; forse è il mio corpo che riconosce il pericolo, oppure ho rinforzato talmente bene le difese che persino il caldo estivo ha deciso di andarsene.

Apro il freezer, tiro fuori il gelato al triplo cioccolato e valuto l'idea di mangiarlo direttamente dalla vaschetta. Vivo da sola e, a parte Striker, è raro che abbia ospiti. Ma poi, seppur con riluttanza, decido di prendere una ciotola e un cucchiaio: se fossi una donna incinta in una casa piena di estranei, non vorrei rischiare di mangiare un gelato ricoperto di germi.

Mi si rizzano i peli sulla nuca e un agghiacciante formicolio mi lambisce la pelle. Uno dei miei incantesimi protettivi è stato spezzato. *Figlio di...*

"Striker! Melody!" Devo svegliarli. Dobbiamo

andarcene. Ma come? Striker non ha la mia stessa capacità di teletrasportarsi, quel fannullone.

Ma non posso farci sparire tutti e tre, soprattutto non dopo quello che è accaduto allo studio. Sapevo di essere potente, ma non ho mai distrutto una stanza in quel modo. Non sono mai stata costretta a esercitare un simile potere. A consumarlo sì, ma non così.

Snap. Un altro sigillo che si rompe.

Striker si precipita in soggiorno con addosso un paio di pantaloni del pigiama a righe che sembra aver evocato dal nulla e nient'altro, con Melody che lo segue a ruota. Ha quella che immagino sia la maglietta di lui tesa sul pancione.

Sarei quasi tentata di rimproverarlo, se non fosse per la rottura della terza barriera che mi sferza la pelle. Gli incantesimi protettivi non sono migliori di un catenaccio: chiunque può scassinare qualsiasi cosa, se ha tempo a sufficienza.

Il quarto sigillo si spezza. Stavolta, sento davvero lo schiocco che mi lacera la pelle, mentre un rivolo di sangue mi sgocciola sul viso da un taglio aperto sulla guancia.

Non stanno scassinando la protezione come una serratura, la stanno bombardando con abbastanza magia violenta da far cadere i miei incantesimi uno dopo l'altro come le tessere del domino. E anche se ho legato la barriera alla terra e non a me, potrei essere comunque nei guai.

Mi pulisco il sangue e lo mostro a Striker.

"Merda," borbotta, con un lampo che gli attraversa gli occhi.

Merda è la parola giusta.

6

MAX

GLI OCCHI AMBRATI DI STRIKER SI POSANO sulla macchia rossa sulle mie dita e un ringhio innaturale gli sfugge dalle labbra. Da quello chc so, Striker non è mescolato con nessuna forma di mutaforma, quindi quel ringhio è parecchio impressionante. Concentrarmi su quello è un modo per evitare di affrontare la situazione di merda in cui ci troviamo. E contemplare il tono soprannaturale del ringhio incazzato di Striker invece di agire è proprio da codardi.

Perché non riesco a sopportare che tutte le mie protezioni siano state infrante. O il sangue sulla faccia. Non riesco a gestire tutto questo. Non è ciò che è successo l'ultima volta che sono morta, ma ci si avvicina.

Ho promesso a Melody che mi sarei presa cura di

lei, le ho promesso che l'avrei aiutata, e invece ora rischio di perdere il controllo al primo ostacolo. Mi vergogno di me stessa. Ma come diavolo ha fatto a trovarci? L'incantesimo era potentissimo.

Qualcuno ci ha seguiti? E come fa ad avere il potere di distruggere una barriera come questa? L'unica volta che il mio scudo è stato infranto è stato grazie al potere di un gruppo di anime malvagie – centinaia, forse migliaia di anime destinate all'inferno – convogliato da una strega determinata a restare in vita.

Quello lo capisco. Questo assolutamente no.

Il quinto sigillo protettivo si rompe e stavolta mi taglia la pelle del collo; un sottile rivolo di sangue mi scorre lungo la trachea. Non è una ferita profonda, ma fa male.

Udendo il mio sussulto dolorante, Striker va in modalità gestione dei danni – che di solito è il mio compito – e guarda fuori dalla finestra, valutando la situazione, mentre io cerco di riprendermi.

"Ci sono cinque paia di occhi rossi là fuori. Il padre di tuo figlio ha degli amici, Melody?" La voce di Striker è tranquilla, ma so che è incazzato.

"S... sì. Ha degli amici. Non sapevo che fossero come lui." Rabbrividisce e si accarezza il pancione. Niente di tutto questo può farle bene. E nemmeno essere uccisa subito dopo il parto, quindi devo concentrarmi, cazzo.

"Dobbiamo andarcene da qui, Max. Ti prego, dimmi che hai un piano."

È strafatto? Un piano? È una fortuna che non mi stia pisciando addosso in questo momento, e vuole che pensi a un piano?

Ma è vero che di solito, tra i due, sono io quella che ci tira fuori dai guai. Più o meno. A volte. Okay, cinquanta e cinquanta.

La mia espressione deve tradire i miei pensieri al riguardo, perché Striker mi afferra per le spalle e mi scuote. Non tanto da farmi male, ma quanto basta per farmi riprendere. In realtà, ora come ora un bel ceffone sarebbe il benvenuto. Mi piacerebbe davvero svegliarmi e scoprire che tutto questo è solo un incubo.

Ma so che non lo è.

"E un portale? Puoi crearne uno, no?" Striker me lo suggerisce con la stessa cautela che userebbe con un gatto selvatico.

Non creo portali da una vita. Ho smesso quando ho scoperto come teletrasportarmi. Ma so ancora come si fa. Dovrei anche avere tutti gli ingredienti, solo che non posso iniziare finché tutti gli incantesimi protettivi non saranno stati spezzati.

"Ho bisogno di achillea e di fiori di angelica dalla serra. Sale e gesso, e una ciotola di sangue di pollo. Ma prima di cominciare, tutte le barriere devono essere state abbattute." Mi trema la voce. Lo odio. Perché non ho imparato a difendermi? Perché la mia magia non funziona con questo tizio? Funziona con qualsiasi tipo di Etereo.

"Hai del sangue di pollo?"

Oh, no, non ha appena chiesto a una strega se ha del sangue di pollo. È come chiedere a uno chef se ha dell'aglio fresco.

"Ma certo che ho del sangue di pollo, cazzo! È in frigo, vicino a tutte le altre parti del pollo. Non sono mica una dilettante!" sbotto. Probabilmente è ciò che sperava di ottenere.

"Beh, mi scusi tanto, signorina Maxima. Non avevo idea che fossi una strega che sa il fatto suo. Bentornata." Lo dice in tono sarcastico, usando apposta il mio nome completo per irritarmi. Come diavolo è venuto in mente a mia madre di affibbiarmi un nome del genere?

Il sesto sigillo si spezza, squarciandomi la pelle sulla schiena e strappandomi un grido di dolore. Stavolta la ferita è profonda, e mi dà una bella scossa.

"Striker, prendi l'achillea e i fiori di angelica. Melody, prendi una ciotola di pietra dalla cucina."

"Vado," dice lui, mentre io seguo Melody in cucina e prendo il barattolo di vetro etichettato 'SP', dal momento che non voglio dover dare spiegazioni a eventuali ospiti. Anche se non ho mai ospiti, tranne Striker.

Un attimo dopo, Striker torna in cucina con un vaso di terracotta per mano, e tutti e tre scendiamo le scale che conducono al seminterrato. Trovo la stanza più interna, la mia sala per gli incantesimi, schiocco le dita e accendo le sei candele a colonna che ho posizionato strategicamente lungo le pareti. Qui non ci sono interruttori della luce, né un vero altare. Solo un lungo tavolo di legno con un grosso grimorio, fiale di sale, gesso e una ciotola di metallo martellato.

Non posso lanciare questo incantesimo con una ciotola di metallo. Interferirebbe con la polarità come una bussola impazzita, e rischieremmo di finire chissà dove. Strappo la ciotola dalle mani di Melody e inizio la preparazione, senza aspettare di vedere quali altri orrori causerà la rottura della settima barriera.

Ma non devo aspettare, perché si spezza un attimo dopo, seguito a ruota dall'ottava. La conseguenza sono due tagli che formano una 'X' sulla mia pancia, facendo a brandelli la canotta del pigiama e provocandomi un dolore tale che mi ripiego su me stessa.

Merda.

Se continua così, come farò a scagliare questo maledetto incantesimo?

Traggo un respiro profondo e cerco di raddrizzare la schiena, sopportando il dolore con un grugnito. Disegno la porta sul muro con il sangue di pollo, gemendo mentre mi allungo per renderla abbastanza grande. Striker è dietro di me, ci disegna un cerchio di sale intorno e mi passa il gesso. Ne gratto un po' nella ciotola, seguito dal resto del sangue di pollo, tre rametti di achillea e un intero mazzo di fiori di angelica. Devo bruciare tutto insieme e pronunciare la formula, ma restano ancora due sigilli, prima di poter iniziare.

La rottura del nono mi taglia la coscia, quella del decimo l'avambraccio, in tutta la sua lunghezza, attraverso la pelle bruciata. È sufficiente a farmi offuscare la vista dal dolore.

Non posso tirarmi indietro proprio adesso, però, quindi mi do una scrollata e comincio.

Riesco a pronunciare a stento le parole in latino, e la luce perlacea piega la realtà per creare il portale. Striker lo varca per primo per assicurarsi che sia sicuro. Ci rivolge un cenno con la mano per farci capire che è tutto a posto, ma mi rendo conto che non c'è più tempo. Un rumore di passi pesanti risuona sulle scale. Sanno dove siamo e, senza barriere, possono arrivare alla velocità che vogliono.

Guardo Melody. Anche lei sente il rumore dei passi che si avvicinano. La sua espressione terrorizzata è come una pugnalata al cuore.

Le ho promesso che l'avrei aiutata. E non vengo mai meno a una promessa. *Mai*. Non l'ho fatto quando ero adolescente e mi è costato la mia prima vita, e di sicuro non lo farò ora che potrebbe costare quella di qualcun altro.

Faccio l'unica cosa a cui riesco a pensare. Afferro il braccio di Melody, la strattono verso il portale – che dovrebbe condurre all'appartamento sopra il mio studio di tatuaggi – e la spingo dentro. Lei barcolla, ma Striker la prende prima che possa cadere. Come ero certa che avrebbe fatto.

Saranno perfetti insieme. Il modo in cui si preoccupa per lei... Sarà un ottimo padre. Si prenderanno cura l'uno dell'altra. Saranno al sicuro e felici.

Posso farcela. *Posso*.

Poi mi appresto a chiudere il portale, proteggendoli entrambi dagli uomini il cui unico istinto è uccidere, prendere. Uomini che li feriranno, li ammazzeranno, rapiranno il bambino di Melody non appena respirerà la sua prima boccata d'aria. Ruberanno la loro felicità. Se non glielo impedisco, si porteranno via tutto.

L'espressione con cui mi guarda Striker un attimo prima che richiuda il portale mi dice tutto quello che devo sapere. Stavolta, quando mi uccideranno, probabilmente non tornerò indietro. Lo sa, e lo so anch'io. È un'espressione che mi fa più male delle protezioni infrante. Lo sto facendo soffrire, lo so, ma lo sto anche salvando. Forse non la vedrà allo stesso modo, ma per me va bene. Posso conviverci. O morirci.

Prima che la luce perlacea svanisca, il ringhio di Striker raggiunge le mie orecchie. Se non riesco a uscire da qui, non mi perdonerà mai.

Se li salvo, però, ne sarà valsa la pena.

7
MAX

ARCOLLO FUORI DALLA STANZA DEDICATA agli incantesimi, lasciando una scia di sangue sul muro per reggermi in piedi.

Sono assolutamente fottuta.

Il meglio che posso fare è provare ad andarmene da qui per offrire un minimo di vantaggio a Striker e Melody. Non ho abbastanza tempo per creare un altro portale, ma potrei avere forze a sufficienza per tornare al piano di sopra.

Solo che non riesco ad arrivare così lontano. Gli occhi rossi di Micah si posano su di me quando svolto l'angolo del seminterrato, diretta verso le scale. Mentre mi stringe gli avambracci con le mani roventi il suo sorriso è di una malvagità assoluta. E quelle mani orribili mi riportano a un giorno in cui non avrei mai voluto tornare. Il giorno in cui ho perso tutto.

VIRGINIA 1642

Era come se delle formiche mi camminassero sulla pelle. Quell'impulso – quel bisogno di alzarmi, di uscire, di andarmene – era tornato. Odiavo quella sensazione, ma più crescevo, più spesso si presentava.

Ero nata in Spagna, ma mia madre aveva intrapreso il viaggio per il Nuovo Mondo quando ero ancora una bambina. Le Americhe erano tutto ciò che conoscevo, e mi domandavo se quel posto fosse adatto a persone come noi. Sembrava di no. Le streghe – o più spesso gli esseri umani accusati di stregoneria – venivano uccise a destra e a manca. Temevo per la nostra sicurezza. Se non fosse stato per i sigilli di protezione, gli umani che avevano deciso di colonizzare le terre lì accanto ci avrebbero sicuramente scoperti.

Solo che, nonostante il clima che si respirava, non potevo restare in quel letto, in quella casa o in quella comunità un secondo di più. Senza sapere che la mia stupidità si sarebbe rivelata monumentale, camminai in punta di piedi sul pavimento appena lucidato fino alla spessa porta di legno che conduceva all'esterno.

Ero stata io a lucidare quel pavimento, così come

ogni mobile e tutta l'argenteria della casa. Lucidavo anche le scarpe. Mungevo le mucche, badavo alle galline e davo da mangiare ai maiali.

Quello che non facevo, invece, era imparare qualcosa di diverso dalle faccende di casa. Informazioni preziose, certo, ma non abbastanza.

Mia madre non mi lasciava fare pratica con le altre ragazze della mia età. Non avevo imparato gli incantesimi di cui avevo bisogno, quelli che avrei dovuto conoscere fin da quando avevo cominciato a parlare.

Ciò non significava che non conoscessi alcune cose, ma ciò che sapevo mi spaventava. Ero più potente delle ragazze della mia età. Ero più potente di tutte loro messe insieme. Ero in grado di fare cose che nemmeno mia madre riusciva a fare. Ero in grado di fare cose che l'intera congrega non riusciva a fare. Per esempio, attraversare un incantesimo protettivo come se non esistesse.

Aprii la porta, presi gli stivali dalla fila ordinata e uscii nella notte, attenta a rimanere nell'ombra creata dalle fiamme tremolanti delle torce sul sentiero. La congrega stava preparando qualcosa di grosso: tutte le ragazze della mia età stavano partecipando a una cerimonia.

Tutte tranne me.

Mi feriva sapere che non mi sarei mai sentita

inclusa, che non sarei mai diventata la donna che mia madre voleva che fossi. Ma una parte di me mi gridava di fuggire, di liberarmi dal suo controllo.

Stavo soffocando sotto un peso che dubitavo mi appartenesse. Non era bello essere esclusi dalla propria famiglia.

Raggiungere il confine della nostra terra era facile, l'unico intoppo era attraversare gli incantesimi protettivi senza spezzarli. Per quanto avessi bisogno della libertà, lasciare la mia famiglia senza protezione andava ben oltre la stupidità e l'incoscienza.

Il nostro territorio era custodito da quindici sigilli protettivi, uno per ciascuno dei nostri anziani. Questo non solo impediva agli umani di entrare, ma qualsiasi Etereo sarebbe stato colpito da una sorta di scossa elettrica che lo avrebbe reso incosciente, nonché ingabbiato in una trappola magica da cui pochissimi erano in grado di fuggire. Inoltre, chiunque si avvicinasse ai confini provava il desiderio impellente di andarsene.

Ma non io.

Facendomi strada tra le barriere magiche, trassi la prima boccata di aria fresca. Stava calando la nebbia. Sollevai il viso verso il cielo: volevo godermi il profumo autunnale della foresta.

Prima che mi decidessi a tornare indietro, il gemito sofferente di un uomo raggiunse le mie orecchie. Avrei dovuto ignorarlo. Ma non lo feci. Seguii il suono agonizzante e trovai un uomo che cercava di liberarsi dalla trappola magica, artigliando il terreno. Non importava che oscillasse tra quella che immaginavo fosse la sua vera forma, ossia una massa di fumo nero semi-solido, e quella di un umano: la trappola continuava a tenerlo prigioniero.

La sua forma umana era quella di un adulto ben vestito. I capelli castano chiaro, ondulati, gli ricadevano sul viso e mettevano in ombra i suoi lineamenti, tranne che per il bagliore dorato dei suoi occhi. I bottoni del gilet erano di ottone lucido e gli stivali di pelle sembravano morbidi e costosi. Doveva essere ricco, ma sapevo che spesso le apparenze ingannano.

Io sembravo una quattordicenne indifesa, ma di certo non lo ero.

C'era qualcosa in quell'uomo che mi attirava. Non avevo mai visto un Etereo come lui. Nemmeno di sfuggita. La nostra congrega era isolata, nascosta da tutti e da tutto ciò che si muoveva nell'ombra del nostro mondo. Mi sembrava familiare in un modo impossibile da ignorare.

Dovevo aiutarlo.

Ma l'unico modo per farlo era abbassare le difese, mettendo in pericolo la mia famiglia. Era sbagliato. Era la peggiore idea che mi fosse venuta in mente.

"S... s... s... sal... va... m... m... mi..." Il pensiero mi sibilò nella testa, ma sapevo di non aver udito alcun suono. Non era la mia voce, era la sua.

"Lo farò," promisi, eppure non fui io a dire alla mia bocca di pronunciare quella parola. Era come se la mia mente fosse stata posseduta da qualcun altro. Più mi avvicinavo a lui, più sentivo il bisogno di fare tutto il possibile per assicurarmi che vivesse.

Senza che la mia mente lo ordinasse ai piedi, mi girai verso i segni esoterici che proteggevano la nostra congrega, spezzando un sigillo dopo l'altro, finché la trappola attorno al piede dell'uomo non svanì.

"S... s... s... sal... va... m... m... mi..."

Poi mi ritrovai a sussurrare formule per guarire, incantesimi troppo avanzati perché il mio giovane corpo potesse sopportarli. Una parte più intelligente di me mi urlò di fermarmi, ma non riuscii a impedire alle parole latine di uscirmi dalle labbra, né alla luce verde di tremolare sulle mie mani.

Non avevo nessun controllo sul mio corpo e sulle mie azioni, e provavo la sgradevole sensazione che quell'uomo, chiunque fosse, avesse preso possesso della mia mente per liberarsi. Il sangue iniziò a colarmi dal naso, e mi accasciai sul terreno umido della foresta, con le gambe troppo deboli per sostenermi. A poco a poco, riuscii a riprendere il controllo.

L'uomo giaceva lì, immobile, con le sue fattezze umane. Sembrava che dormisse: aveva gli occhi chiusi e un'espressione rilassata. Ma sapevo che non era così.

Dovevo allontanarmi da lui, prima che mi possedesse di nuovo. Solo che non ne ebbi l'opportunità. Un rumore di zoccoli mi raggiunse, e fu sufficiente ad annodarmi lo stomaco per il terrore.

Cavalli significava umani. Umani che potevano avermi vista fare magie. Umani che troppo spesso bruciavano vive le donne se solo sospettavano che praticassero incantesimi.

Non avevo abbastanza tempo per ripristinare le protezioni. Non avevo abbastanza tempo, né energie, per scappare.

Due servitori mi afferrarono per i gomiti, strappandomi dall'erba e allontanandomi dall'uomo che era tutt'altro che umano.

Mi gridarono contro, dandomi della strega e del demone. Mi sputarono in faccia e mi strapparono i vestiti, alla ricerca del marchio del diavolo. Anche se non lo avessero trovato, non avrebbe avuto importanza. I due erano al servizio di un magistrato che viaggiava nella carrozza e che casualmente stava passando di lì.

Pensavano che avessi ucciso l'uomo che giaceva immobile nel fango e nelle foglie, talmente immobile da sembrare morto. Avevano visto la luce verde che emanava dalle mie mani, avevano visto la mia magia.

Senza darmi la possibilità di difendermi, mi legarono a un albero, presero una lanterna dalla carrozza e la gettarono ai miei piedi. Il vetro e il combustibile esplosero quando colpirono la base della quercia.

Le fiamme catturarono il cotone di ciò che era rimasto del mio vestito e, prima di quanto pensassi possibile, mi ritrovai a urlare i miei ultimi respiri, mentre gli uomini mi guardavano bruciare.

L'oscurità mi consumò per quella che mi sembrò un'eternità. Ero sola al buio e mi preoccupavo per ogni torto che avevo arrecato e ogni errore che avevo commesso nella mia breve vita. Ero bloccata e incredibilmente spaventata.

Alla fine, un puntino di luce emerse dall'oscurità e io lo seguii finché non riuscii ad aprire gli occhi e a respirare di nuovo.

La foresta sembrava diversa. Un'area circolare intorno al mio corpo nudo e congelato era nera come la notte. Nera come il vuoto da cui provenivo. Appena al di fuori del cerchio giacevano una pila di vestiti piegati e un paio di stivali, e io mi ci gettai sopra, infilandomi l'abito e le calze il più velocemente possibile.

Una volta vestita, notai mia madre poco distante, ma non sembrava affatto felice di vedermi viva.

Anzi, quando feci un passo verso di lei, indietreggiò.

"Mamma..." Mi interruppi, senza sapere cosa dire per difendermi. Non sapevo nemmeno come fossi riuscita a sopravvivere all'inferno delle fiamme e a tornare indenne. Non sapevo più niente.

"Tu non sei mia figlia. Non sei un membro di questa congrega. Sei bandita. Sei una Rinnegata. Nessuna congrega ti accoglierà. Nessuna congrega accetterà l'abominio che sei diventata."

Ogni parola che usciva dalla sua bocca era un pugno allo stomaco. Sapevo che non avrei dovuto abbassare le difese, ma non avevo alcun controllo sul mio corpo. E... abominio? In che senso?

"Non so cos'è successo. Cosa mi è successo?"

"Non sei una strega. Sei qualcos'altro, e non permetterò che continui a contaminarci con la tua presenza."

"Ma... mamma, non capisco. Come faccio a essere viva? Mi hanno bruciata. Sono morta," sussurrai tra i singhiozzi che sembravano squarciarmi il petto. "Cosa mi è successo?"

"Quello che è successo è che ci hai messi tutti in pericolo. Ci hai portato via la nostra casa. Ci hai quasi uccisi. Hai distrutto ogni protezione e ora dobbiamo stabilirci altrove."

"Non ero io a controllare i miei gesti. C'era un

uomo fatto di fumo. Era intrappolato. Mi ha costretta a liberarlo. Io non volevo. Mi ha posseduto la mente, mamma."

Il colore scomparve dal viso di mia madre, ma non mi rispose. Non fece altro che schioccare le dita e, in un lampo di luce rossa, mi lasciò sola nella foresta.

Quando il vivido ricordo del passato svanisce, il sorriso di Micah è la prima cosa che vedo. Occhi rossi e un piccolo accenno di zanne bianche che fanno capolino dal suo ghigno beffardo. Almeno sono divertente. Buono a sapersi.

"Quindi non sono il primo demone che incontri. Interessante. Me lo ero chiesto…"

L'uomo del mio passato – quello che mi ha fatta uccidere, quello che mi ha rovinato la vita – era un demone? I demoni esistono davvero?

Non che importi. La visione è durata a lungo e il suo potere di curiosare tra i miei ricordi peggiori ha avuto un effetto inaspettato: mi ha fatta incazzare. E una strega incazzata, o almeno *questa* strega incazzata, non va presa alla leggera.

Micah mi stringe ancora gli avambracci, ma ogni donna sa qual è il modo migliore per divincolarsi da un uomo. Dare una ginocchiata nelle palle a Micah è soddisfacente quanto ci si potrebbe immaginare. È bello sapere che almeno quella parte del corpo è la stessa. Ora che riesce a riprendere fiato, mi sono già teletrasportata fuori dal seminterrato.

Atterro sulle mani e sulle ginocchia in un ammasso scintillante di vetri rotti. Non è il mio atterraggio migliore, ma riesco comunque a rivolgere un sorriso tremante a Striker mentre si fa strada tra i cocci verso di me. Per fortuna, nel frattempo si è messo un paio di stivali.

Solo che non mi prende. È il pavimento a pensarci, quando perdo la battaglia contro l'oscurità.

8

MAX

È IL TORCICOLLO CHE MI STRAPPA dall'oscurità. Quello, e il dolce dondolio di un'auto in movimento. Mi alzo da ciò che sembra essere il sedile posteriore di un SUV e per un attimo mi prende il panico, finché i miei occhi non si posano sui riccioli biondi e sulla mascella squadrata di Striker.

Mi calmo e osservo l'ambiente circostante. Innanzitutto, le mie ferite sono bendate: garze bianche e cerotti coprono gran parte dei miei avambracci. Fitte e contusioni si fanno sentire in tutto il corpo, e indosso un nuovo outfit, decisamente meno insanguinato: pantaloncini neri di lino, larghi, e una maglietta grigia con una piccola tasca sul seno destro. Il suddetto seno è racchiuso in una canotta nera che, a giudicare dal livello di compressione, ha un reggiseno incorporato. L'abbigliamento mi è familiare perché mi appartiene, probabilmente è stato preso dal mio armadio di riserva nell'appartamento sopra lo studio.

Potrei essere imbarazzata dal fatto di non essermi vestita da sola, ma se è stato Striker a occuparsene, allora ha già visto tutto. Ha realizzato la maggior parte dei tatuaggi in punti accessibili solo se priva di qualsiasi tipo di abito. Per esempio, è suo il drago che si estende dalla scapola sinistra alle costole e giù lungo l'addome, fino ad avvolgermi la gamba sinistra. Sono rimasta praticamente nuda per circa un mese.

Sbircio verso Melody. È sul sedile del passeggero e sgranocchia carne secca; immagino che, con il peso che porta sulla pancia, sia improbabile che abbia aiutato la donna priva di sensi a vestirsi.

"Oh, bene. Sei viva. Temevo di dover seppellire il tuo cadavere in decomposizione in uno di questi campi di grano abbandonati dal Fato," scherza Striker, passandomi una bottiglia d'acqua senza togliere gli occhi dalla strada. Ha ragione. Siamo circondati da entrambi i lati da campi di grano infiniti su un'autostrada diritta che sembra proseguire in eterno.

Prendo la bottiglia e ne svuoto metà in un paio di sorsi.

"Sono felice di non aver causato troppo disturbo.

Dove siamo? Come ci siamo arrivati? E porca miseria, tesoro, il tuo ex è veramente il peggiore in assoluto," dico, rivolta a Melody. Lei mi lancia un'occhiata sofferente, come a sottolineare che ne è ben consapevole, mentre si infila in bocca un altro pezzo di carne secca.

"Siamo da qualche parte in Iowa, diretti verso l'Indiana. Ho pensato che più ci allontanavamo da Micah meglio era, considerando che ogni volta che ti scontri con quell'idiota, svieni. A proposito, è guarito tutto, a parte le ustioni. Non so cosa diavolo siano esattamente."

"Per quanto tempo sono stata priva di sensi?" Il fatto che le bruciature non guariscano è un problema. Non ho idea di cosa stia succedendo.

"Circa ventotto ore." Certo, non guarisco chissà quanto in fretta rispetto agli altri Eterei, ma dopo ventotto ore dovrei essere quasi a posto. E se sono morta, beh, di solito non torno indietro con delle ferite.

"Ero priva di sensi o l'altra cosa?" Abbasso la voce, non so quante altre stranezze Melody sia in grado di affrontare.

"Intendi morta?" sbotta Melody in tono di accusa. "Sì, abbiamo già avuto quel brivido, ma no. Eri solo incosciente. Grazie mille, tra l'altro. Mi piace un sacco sentirmi una merda perché qualcuno si fa del male per aiutarmi!”

Melody sarà anche una bambina rispetto a me, ma l'imminente maternità l'ha trasformata in una mamma orsa dal ventre rotondo, con lo sguardo accusatore che solo una vera madre può avere.

“Beh, scusami tanto se vi ho salvati entrambi e ne sono uscita un po' abbrustolita. Rivivere l'esperienza di essere bruciata viva è stato divertentissimo,” replico, trasudando sarcasmo.

“Nessuno ti ha chiesto di farlo. Saresti potuta venire con noi. Avresti potuto chiudere la porta dall'altro lato. Avresti potuto essere al sicuro. E invece hai deciso di fare la cowboy e ti sei fatta male. *Di nuovo.*” La voce bassa di Striker mi colpisce come uno schiaffo in pieno viso.

Il fatto che li abbia lasciati soli lo ha ferito davvero. Non ho dato per scontato che gli sarebbe piaciuto che gli affidassi Melody, ma in tutta onestà dubitavo di avere abbastanza tempo per attraversare il portale e chiuderlo dietro di me. Non pensavo di riuscire a tenerli al sicuro.

Non ho pensato, ed è questo il problema principale. È da un po' che Striker ci rimugina sopra, e anche con Melody qui, non riesce a controllare il suo tono velenoso.

"Cosa avrei dovuto fare? Vi ho messi al primo posto. Mi sono assicurata che foste al sicuro. Riuscivo a reggermi a stento, quindi sapevo che non sarei stata in grado di camminare attraverso il portale. Ho fatto ciò che ritenevo fosse la cosa migliore, e non ho nessuna intenzione di scusarmi. Dovremo semplicemente accettare di non essere d'accordo. Ora, c'è una area di sosta nel nostro immediato futuro? Perché non faccio pipì da più di un giorno e sto per scoppiare."

Dopo altri trenta minuti di silenzio teso, finalmente troviamo un'area di sosta. Faccio a gara con Melody per il bagno e riesco a precederla, fare pipì e lavarmi le mani prima che lei riesca a raggiungere la porta, con Striker che sta al passo per non lasciarla sola. Sono talmente carini insieme che mi danno sui nervi.

Ci fermiamo al minimarket per comprare snack e caffè per poi risalire sul SUV e rimetterci in viaggio.

Ci vogliono altre otto ore, dieci aree di sosta e tre cambi di guidatore per raggiungere la città natale di

Melody alla periferia di Fort Wayne, nell'Indiana. Il sole sta tramontando sulle verdi colline ondulate, e vengo assalita da un senso di solitudine che non sapevo di poter provare. La fattoria della sua famiglia mi fa sentire la mancanza di qualcosa che non ho mai avuto.

La scena è idilliaca, con una grande casa colonica, un fienile dipinto di rosso sullo sfondo e un laghetto limpido vicino alla strada che riflette il cielo estivo. Sembra davvero una *casa*, qualcosa che non conosco e che non ho mai sperimentato nella mia lunga vita. La strada sterrata che porta alla fattoria è chiusa da un cancello per cavalli; Striker lo salta e lo apre, in modo che possiamo passare.

Una coppia sulla cinquantina ci viene incontro all'imbocco del vialetto che curva appena a sinistra delle scale del portico. Si avventano su Melody come una coppia di lupi affamati d'amore, abbracciandola e baciandole i capelli. Sua madre le posa delicatamente le mani sul ventre gonfio, e una parte malata di me non riesce a sopportarlo. Non riesce a sopportare una tale dimostrazione di amore e sostegno.

Non è che non sia felice di saperla al sicuro, anzi. Sono entusiasta oltre ogni misura. Purtroppo, sono anche gelosa, perché non riesco a fermare la fitta di amarezza che mi invade il petto e mi fa chiedere perché io non abbia mai avuto tutto questo.

Mia madre mi ha odiata fin dall'inizio e mio padre non si è mai visto. Non ho mai sentito mia madre parlare di lui e, se dovessi tirare a indovinare, direi che è stato lui il motivo per cui abbiamo lasciato la Spagna. È stato solo grazie all'amicizia di Striker e alla famiglia Constantine che ho conosciuto l'affetto. Che tristezza essere gelosa dell'amore di una bambina. Riesco a riprendere il controllo prima di scendere dal SUV, ma non prima che Striker mi faccia capire con un'occhiata che ha letto ogni singola emozione che mi ha attraversata.

Non mi piace. Non mi piace che sappia quanto sono stata debole nelle ultime quarantott'ore. Non mi piace sentirmi debole, punto. Forse è perché ho dovuto rivivere le morti che mi hanno segnata così profondamente, ma ho l'impressione di essere stata maledetta molto tempo fa.

Scott e Nadine ci invitano a entrare senza esitazioni. La loro ospitalità genuina traspare da ogni gesto. Nadine si preoccupa per le mie ferite, di cui abbiamo parlato in modo molto vago quando abbiamo raccontato loro cos'è successo.

I genitori di Melody si affannano a ripetere che io e Striker abbiamo salvato la loro bambina da un uomo malvagio – il che è vero – e si rifiutano di sentire altro al riguardo. Beh, Nadine non voleva sentire altro. Scott ci ha presi da parte per sapere che aspetto avesse Micah e se dovesse parlarne allo sceriffo della contea.

Bel dilemma, perché se Micah fosse stato umano, avrei acconsentito immediatamente. Ma visto che non lo è, io e Striker abbiamo deciso di agire con molta cautela, limitandoci a fare il giro della tenuta e a scagliare incantesimi di protezione.

"Melody, perché non prendiamo un po' d'aria?" suggerisco come copertura. La conduco all'esterno e facciamo una passeggiata intorno al cortile.

"Devo percorrere questo circuito dieci volte. Possiamo farlo senza spaventare i tuoi genitori?" chiedo, borbottando in latino mentre mi fermo ogni tre metri.

"Sì. Ma penso che sia il caso di dirglielo. La mamma è in parte Cherokee. Mia nonna ci ha insegnato le antiche tradizioni. Prenderebbe la questione seriamente, e saremmo più al sicuro se sapessimo dove mettere i piedi e come comportarci."

Il suggerimento di Melody ha senso. Non mi è mai piaciuto tenere le persone all'oscuro, specialmente quando si tratta della loro incolumità.

"Sicura?" insisto, riluttante a prendere una decisione senza il parere di Striker. Ovviamente lui è più bravo di me a capire le persone.

"Sì. Inoltre, chissà quali abilità avrà questa creatura. Sto per mettere al mondo un bambino e non ho idea di cosa diventerà. Dovrò affrontare più di quanto sia pensabile, e anche loro. Almeno, se glielo dico ora, potrò contare su voi due, nel caso volessero portarmi in un ospedale psichiatrico," conclude con un sorrisetto autoironico. Sta scherzando, ma come per dire: 'Ah-ah, potrebbe succedere davvero, non abbandonatemi'.

Proprio in quel momento, Striker si avvicina e mette un braccio intorno alle spalle di Melody. Lei si scioglie contro di lui per un attimo, e io non posso fare a meno di sorridere. Striker ha almeno quattrocento anni più di lei, ma in quel breve istante i suoi occhi non riflettono il peso dei secoli che ha trascorso su questo pianeta. Per la prima volta sembra quasi felice.

E per la prima volta dopo tanto tempo mi chiedo se potrei vivere senza di lui. Penso che se fosse realmente felice, potrei farlo.

Potrei farlo davvero.

DOPO UN OTTIMO PASTO, IO E STRIKER facciamo sedere i genitori di Melody e spieghiamo loro cos'è successo davvero alla figlia.

"È una follia!" sbotta Scott, alzandosi di scatto. Inizia a camminare avanti e indietro in soggiorno, la sua faccia è rossa di indignazione. Non posso biasimarlo. Chi vorrebbe sapere che il mondo che ha conosciuto per tutta la vita è una menzogna?

"Vi assicuro che non sono una bugiarda," mormoro, ma il volume della mia voce non ha importanza. Ciò che conta è la luce verde che si intreccia intorno alle mie dita, come un liquido senziente e privo di peso. Gli occhi di Scott fissano le mie mani finché non schiocco le dita e le luci si spengono. Le schiocco di nuovo e tornano. Le fletto e le rilasso, e lui osserva mentre le luci del salotto si abbassano e diventano così intense da farci male agli occhi.

"È... è un trucco. Deve essere un trucco," sussurra Nadine con voce tremante, mentre fissa una lampada che avrà avuto da almeno vent'anni come se potesse saltarle addosso in qualsiasi momento.

"Nessun trucco. E non sono qui per farti del male.

O farne alla vostra famiglia. Melody è venuta nel nostro studio sola e spaventata. L'abbiamo portata via dall'uomo che le ha fatto del male e l'abbiamo accompagnata a casa. L'unico motivo per cui vi stiamo raccontando tutto questo è perché vogliamo tenerla al sicuro, esattamente come voi." Questo sembra placarli un po' e alla fine Scott e sua moglie ci credono, credono che la loro sicurezza sia tutto ciò che desideriamo.

Ma quando arriva il momento, non riesco a proteggere nessuno.

9
MAX

Mentre sgranocchio uno snack poco salutare, armeggio con il telefono di Striker alla ricerca di un po' di musica decente. I suoi gusti sono quantomeno discutibili, ma trovare una stazione radio di qualità durante un viaggio in auto è una vera seccatura. Ogni ottanta chilometri circa, il segnale si perde e devo cambiarla di nuovo.

Inoltre, ho una forte avversione per la musica commerciale. Le stazioni appena fuori Chicago non erano male, ma più ci allontaniamo, più peggiorano.

Prendo in giro Striker per i suoi gusti musicali, cercando di tirarlo su di morale dopo che abbiamo lasciato Melody, ma non ho molta fortuna. Il mio amico si limita a fissare il tratto di autostrada davanti a noi e ogni tanto mi risponde con un grugnito.

Prima di partire, mi sono offerta di tornare a Denver da sola, così lui avrebbe potuto restare. Ma io e Striker condividiamo la vita da così tanto tempo che non so se riuscirebbe a sopportare l'idea di lasciarmi andare per la mia strada. Anche perché, le ultime volte che è successo, non ha apprezzato lo stato in cui sono tornata da lui.

Lo capisco, ma vorrei che fosse rimasto con Melody. Lei lo rendeva più leggero, più sereno. Anche se hanno trascorso poco più di due giorni insieme, era meno oppresso dalle emozioni degli altri, era riuscito a trovare la *sua* felicità.

Mi fa arrabbiare che abbia scelto me invece di se stesso, ma mi stupirebbe il contrario. E una parte di me riconosce la stessa irritante caratteristica anche nella sottoscritta.

Che coppia.

Quando il telefono mi squilla in mano, quasi lo faccio cadere. Il nome di Melody compare sullo schermo e per qualche motivo, anche senza sapere perché sta chiamando, so che si tratta di brutte notizie. Rispondo, e i suoi sussurri terrorizzati mi fanno sprofondare.

"Max! Dovete tornare indietro. È qui. Non... non so cosa fare."

Guardo Striker. Non può sentire quello che sta

dicendo, ma percepisce le mie emozioni, ed è più che sufficiente. Mimo con le labbra: "Fa' inversione", tentando di rispondere a Melody con la voce più calma possibile. Internamente, però, sto urlando.

"Okay, tesoro. Ecco cosa devi fare: trova del sale. Tua madre ne ha sicuramente un quintale in cucina, giusto?"

Allontano la bocca dal telefono. "Trova un edificio, o qualcosa del genere. Abbiamo bisogno di un riparo," dico a Striker, notando le sue nocche diventare bianche mentre stringe il volante abbastanza forte da sformarlo. Devo creare un portale, e posso riuscirci solo su una parete di qualche tipo. E di sicuro non posso farlo sul ciglio di un'autostrada trafficata, sotto gli occhi di tutti.

"S... sì. Ma ha preso mamma e papà. Ha... ha detto che farà loro del male, se non esco. Max, ho paura." La sua voce sofferente ha l'effetto di una frustata.

Micah probabilmente li ucciderà comunque, ed è orribile. Ma Melody deve saperlo. Non può fare quello che vuole Micah, non può.

"Lo so, piccolina, ma lo farà anche se lo accontenti. Trova del sale, Melody." Cerco di restare calma. Non voglio che percepisca il mio senso di colpa. Non voglio che capisca che sono spaventata quanto lei.

Sento un fruscio e un'anta che sbatte.

"Okay, ne ho trovato un po'."

"Bene. Crea un cerchio intorno a te. Il più spesso possibile. Ti offrirà un minimo di protezione. Io e Striker saremo lì tra poco, okay?"

"S… sì. Venite sul serio, vero? Anche Striker?" La sua voce si spezza – un'altra frustata.

Per qualche motivo, sono felice che Striker non possa sentire la sua disperazione. La sua paura. Sono felice che queste parole non saranno ciò che lo terrà sveglio la notte se non arriveremo in tempo.

"Io e Striker stiamo arrivando. Ci saremo sempre per te, tesoro. Sempre. Tieni duro."

Riattacco, aggrappandomi poi alla maniglia di sostegno quando il SUV sbanda nel prendere l'uscita successiva un po' troppo velocemente. Per fortuna, Striker riesce a non farci ribaltare e si ferma davanti a un deposito. Uno di quei posti per persone che hanno troppe cose.

"Ti prego, dimmi che hai portato la mia roba," prego tra me e me, più che chiederlo a Striker. Dubito che si sarebbe fermato, se non avessimo avuto il necessario per l'incantesimo.

Mi precede sul retro del SUV e prende uno zaino nero dal portellone. Non mi serve molto, ma ho bisogno del gesso. Non è come prima, quando non avevo abbastanza energia e ho dovuto ricorrere al sangue di pollo. Ora ne ho più che a sufficienza.

Frugo nello zaino e prendo il gesso bianco, con cui traccio un rettangolo sui mattoni di uno dei magazzini. Mentre mormoro la formula, sento l'angoscia di Striker irradiarsi dal suo corpo.

Spero solo che non sia troppo tardi.

Il portale si apre sul soggiorno dei Danvers. Attraversandolo, la prima cosa che sento è l'odore del sangue. Molto sangue. Un uomo in abiti da lavoro sembra essere stato sventrato mentre era seduto sul divano. Non è Scott, ma potrebbe essere stato un loro bracciante. È giovane, forse dell'età di Melody, ha un'aria dolce anche nel suo ultimo riposo.

È con lui che avrebbe dovuto stare Melody. Sarebbe dovuta rimanere in questa idilliaca casa di campagna. Avrebbe dovuto sposare il dolce bracciante e avere dei figli da lui. Questa scena intrisa di sangue non dovrebbe essere la sua vita.

Cerco di concentrarmi, ignorando il fetore della morte recente, ma la casa sembra silenziosa.

"Controlla di sopra. Grida, se hai bisogno di me."

Striker mi concede un grugnito di assenso quando è già a metà scala. Non gli importa nient'altro che di trovare Melody, e non posso biasimarlo.

Mi avvicino alla porta a vetri che separa la cucina

dal soggiorno, i miei sandali scricchiolano e raschiano sui cocci di ceramica e sul sale sparsi sul pavimento. Mi fermo di colpo, vedendo il cerchio di sale al centro della stanza.

È vuoto.

I granelli sparpagliati ovunque sono macchiati di gocce di sangue fresco. Melody dovrebbe essere ancora in quel cerchio. Niente avrebbe potuto spezzare quella protezione così in fretta. Due minuti. Ci sono voluti due minuti per arrivare qui. Sarebbero dovuti bastare. Avremmo dovuto farcela.

Perché non ce l'abbiamo fatta?

Guardo oltre il cerchio, scorgendo delle piccole goccioline che conducono alla porta della cucina, e non riesco a trattenermi dal seguirle. Me lo sento addosso: non ci sono più persone vive in questa casa.

Non riesco a capire. Perché i miei incantesimi non li hanno protetti? Perché la mia magia non li ha salvati? Cosa rende quest'uomo così diverso che il mio potere è completamente inutile contro di lui?

Le goccioline diventano più numerose man mano che si avvicinano al portico, e si trasformano in pozzanghere che bagnano il vialetto sterrato e parte del prato. Al centro di una delle pozzanghere c'è quello che posso solo immaginare sia il padre di Melody. Non ne sono sicura, dato che a Scott manca la testa. E i suoi organi vitali. Ma il tessuto della maglietta è lo stesso di stamattina, quando mi ha dato un abbraccio tremante prima che partissimo.

Si vedeva che lo mettevo leggermente a disagio – comprensibile, considerando lo spettacolo di luci della notte precedente. Ma mi ha abbracciata lo stesso. Mi ha ringraziata comunque per aver aiutato la sua bambina. E l'odore della sua maglietta mi è entrato nel naso. Ha attirato la mia attenzione perché trovavo strano che potesse aver lavorato prima dell'alba, eppure profumava ancora di tabacco da pipa e terra. È buffo ciò che si ricorda. Lo sento ancora, e non riesco a capire perché l'uomo che ho conosciuto per così poco tempo sia morto.

Ho incontrato la morte molte volte nella mia lunga vita. Ho visto torture, malvagità e tutto l'orrore che una persona possa immaginare. Ma mai a questi livello.

Mai tanta violenza in una volta sola.

Nadine è lì vicino. La pozza di sangue in cui giace è leggermente più piccola, ma la sua eviscerazione è molto, molto peggiore. Nadine è morta per ultima, e Melody ha dovuto assistere. Se non assistere, allora ha sentito le sue urla. Soffoco un singhiozzo, premendo il palmo della mano sulla bocca, per non iniziare a urlare anch'io.

Una scia di sangue procede in direzione del fienile. Non voglio seguire il percorso che mi è stato lasciato. Non voglio sapere cosa mi aspetta. Voglio solo che tutto questo sia un brutto sogno dal quale posso svegliarmi. Voglio che Melody sia al sicuro.

Ma dubito che otterrò ciò che desidero.

Mi faccio strada tra il sangue e seguo le tracce fino alla stalla, con una sensazione di pericolo che mi pizzica la pelle a ogni passo. Non credo che mi piacerà quello che troverò qui dentro.

Quando raggiungo l'ingresso spalancato, sento qualcuno avvicinarsi, ma sono pronta. Mi volto, e gli occhi rossi sono sufficienti per farmi schioccare le dita. Guardo la testa dell'uomo che gli si torce sul collo, spezzandosi come se fosse un ramoscello secco.

Un vago ricordo affiora alla mia mente. Una volta, ho detto a Ian che avrei potuto spezzargli il collo con uno schiocco delle dita. Stavo scherzando – più o meno – irritata dal fatto che usasse il mio nome completo. Non avrei mai fatto del male a Ian, ma la soddisfazione che provo nel sentire lo scricchiolio delle ossa mi fa venire la nausea.

Non dovrei voler sorridere. Non dovrei sentirmi bene per aver ucciso qualcuno, anche se probabilmente l'effetto è solo temporaneo.

Ma è così.

Sto rimuginando sulla mia moralità quando un coltello mi lacera la parte superiore della schiena. Ero troppo concentrata sulle mie stronzate per pensare al fatto che Micah ha *cinque* amici. Sì, ne ho 'ucciso' uno, ma ce ne sono potenzialmente altri quattro pronti a farmi fuori.

Il dolore mi fa cadere in ginocchio, e una fitta lancinante mi attraversa il cervello. Il calcio alle costole e la conseguente torsione delle viscere causata dalla frattura di un osso mi colgono alla sprovvista. Devo ancora vedere chi è stato ad attaccarmi, ma mi sta veramente facendo il culo.

La bile mi riempie la bocca mentre cerco di strisciare via, ma subito delle mani roventi mi afferrano un piede. La mia faccia si schianta contro il cemento prima che io venga lanciata in aria, come una bambola di pezza, e contro la porta di un box per i cavalli. Le assi cedono sotto la forza dell'impatto, e atterro metà dentro e metà fuori.

Un braccio non funziona e la mia gamba ustionata è probabilmente rotta.

Sono fottuta. Sono davvero fottuta.

L'adrenalina mi scorre nelle vene. Combattere o scappare, col cazzo. Devo riprendere il controllo, o questo bastardo mi ucciderà. E non voglio sapere cosa mi aspetta, se ci riuscirà.

Non posso morire adesso. Non posso. Non posso lasciare che mi ammazzi.

Vedo una doppietta nera appoggiata al muro, in un piccolo scomparto accanto alla porta aperta del fienile. Ho bisogno di quell'arma. Usando quel poco di forza che mi è rimasta, schiocco le dita e il fucile mi vola in mano quasi più velocemente di quanto mi aspetti.

Premo il fermo e apro la canna per controllare; grata, vedo che è carica. Poi prendo la mira, vagamente consapevole che potrebbe essere la mia unica possibilità.

Premere il grilletto è più difficile di quanto dovrebbe essere. Diamine, respirare è più difficile di quanto dovrebbe essere. Ma non sento lo sparo.

Non sento proprio nulla.

IO

STRIKER

Non mi sarei mai aspettato di ritrovarmi qui, nella camera da letto di quando Melody era bambina, a cercare di scoprire qualcosa, qualsiasi cosa, su dove si trovi.

È come se fosse svanita nel nulla.

Non morta.

Svanita.

Max pensa che io sia solo un empatico, una specie di streghe in via di estinzione di cui nessuno si cura davvero, a meno che non stia cercando di nascondere qualcosa. E in un certo senso ha ragione. È vero, riesco a percepire le emozioni di ogni singola persona come se fossero le mie. Se non proteggessi la mia mente, a quest'ora sarei completamente pazzo.

Ma riesco a fare cose per cui non ho una spiegazione. Riesco a fare cose che mi spaventano a morte. Una di queste è la capacità di capire dove si trova una persona, se qui o nell'aldilà.

Se ho un forte legame mentale con quella persona, posso seguire le sue emozioni ovunque si trovi.

Ma non Melody. Non importa che il mio stomaco trabocchi di preoccupazione. Non importa che il mio cuore mi faccia male fisicamente ogni singolo secondo da quando l'ho lasciata qui.

Non importa, perché per quanto ci abbia provato, non riesco a trovarla.

E questo mi fa incazzare da morire.

Sto ancora cercando di ricavare qualcosa dagli oggetti presenti nella sua stanza quando risuona uno sparo, che riecheggia come una campana a morto tra le colline ondulate della fattoria.

Non so come abbia fatto a scendere le scale. O ad attraversare il cortile, passando vicino ai cadaveri che ho notato appena. Ma quando mi ritrovo davanti alla porta del fienile, la scena davanti a me è chiarissima.

Max è priva di sensi, appesa per metà dentro e per metà fuori dai resti di un box per cavalli. Tra le braccia, che non sembrano funzionare, penzola un fucile. Di fronte a lei giacciono due incubi: uno immobile come la morte, e un altro che urla e graffia quelli che sembrano essere i rimasugli sciolti di ciò che una volta era il suo viso.

E l'odore... Zolfo, mescolato al letame di cavallo e qualcos'altro di altrettanto disgustoso.

Se fossi sicuro che Max non sta respirando, cederei al desiderio di calpestare con lo stivale i brandelli mezzi sciolti del collo dell'incubo e spezzarlo, ma Max è più importante della vendetta.

Devo portarla via da qui. Ho bisogno di aiuto, e c'è solo una persona a cui posso rivolgermi.

INIZIALMENTE, HO AVUTO QUALCHE PROBLEMA logistico, ma poi ho pensato che a Max non sarebbe dispiaciuto, se per un po' avessi dirottato i suoi poteri per portarci via da lì. Un'altra delle mie abilità straordinarie e del tutto inspiegabili. Non sono esattamente in grado di usare molta magia da solo, ma se è veramente necessario e se mi concentro a dovere, posso giocare al burattinaio per qualche secondo e ottenere ciò di cui ho bisogno.

Non mi piace farlo. Mi fa star male sfruttare la gente. Ma a mali estremi...

Presentarmi a casa sua con Max a pezzi tra le braccia non sembra un buon piano, ma non ho tempo per ripensarci. La porta si apre e appare l'uomo con cui ho sorpreso Max a pomiciare quasi un anno fa, in quella notte ormai dimenticata, prima che il mondo andasse a rotoli.

"Ehi, Ian. So che avrai delle domande, ma mi daresti una mano?" Faccio dondolare delicatamente Max per cercare di scuoterlo.

Non so se sia stupito perché abbiamo aggirato il portiere, se sia arrabbiato per la nostra presenza o se semplicemente non riesca a capacitarsi della situazione, ma resta immobile come una statua, mentre Max continua a sanguinarmi addosso.

"Ian!"

Il mio grido sembra risvegliarlo dal suo torpore, perché prima che io possa rendermi conto di cosa sta succedendo, Max è già tra le sue braccia. Si volta ed entra nel suo appartamento. Lo seguo, chiudendomi la porta alle spalle. Un uomo con l'aria da hipster che non ho mai visto prima balza in piedi da un divano di pelle nera che sembra provenire da una confraternita, gettando con violenza la sua birra sul tavolino. Per chissà quale miracolo, la bottiglia rimane in piedi. E il tizio indossa un berretto di lana. Chi cazzo indossa un berretto di lana a luglio?

Non so perché mi stia concentrando su quello stupido vetro ambrato o sugli accessori dello sconosciuto e non sulla mia amica.

Dev'essere lo shock.

Credo che preferirei pensare a qualsiasi altra cosa, piuttosto che al fatto che la mia amica sia ferita o che la mia donna sia stata rapita. Forse mi soffermo su dettagli insignificanti perché, altrimenti, pianificherei con precisione cosa farò agli uomini che hanno portato via Melody quando li prenderò. Finirei per agire in modo avventato e mi metterei nei guai. Di me non mi preoccupo tanto, ma di Melody...

"Cos'è successo?" Ian la adagia su un tavolo da biliardo vuoto, poi tira fuori da sotto il legno una borsa da medico nera. Non mi sorprende: Ian Moran è noto in certi ambienti come un medico di prim'ordine, e non gli interessa da che parte della legge si trovi qualcuno, purché paghi.

Dubito che dovrò sborsare qualcosa per Max, ma se ce n'è bisogno lo farò senza pensarci due volte.

"Non ne sono sicuro. Ci siamo separati. Risposta breve? Non ne ho la più pallida idea. Risposta lunga? Incubi."

Un fischio stupito proviene dall'uomo che non ho mai incontrato, e annuisco. Un solo incubo è un problema. Più di uno è una catastrofe di proporzioni epocali. Sono stato vago come non mai quando Max mi ha chiesto di loro, e forse sono stato uno stronzo a non darle spiegazioni, ma non mi sarei mai aspettato che ce ne fosse più di uno.

Figuriamoci cinque.

Ian valuta le condizioni di Max, controllando le sue vie respiratorie prima di tagliare la maglia e il reggiseno con un paio di forbici. Quello che vede non lo rende affatto felice.

"Aidan, prendi la mia attrezzatura chirurgica. Uno dei polmoni è perforato," sbraita Ian, correndo verso il lavello della cucina per pulirsi bene le mani.

Non gli importa che Max gli abbia sporcato di sangue la camicia un tempo immacolata. Non gli importa per niente. Il suo atteggiamento è quello di un medico concentrato, freddo e impassibile – l'ideale, in una situazione del genere. Aidan prende una scatola di plastica e la apre. All'interno, ci sono un paio di guanti in lattice, tubicini, garze e un bisturi.

Ian si infila i guanti e preme due dita sul lato sinistro del corpo di Max, tastando le costole. Poi prende il bisturi e glielo infila nella carne.

"Perché non ti rendi utile? Prendi un secchio," ordina, e non ho dubbi che ce l'abbia con me. Obbedisco, frugando nella sua cucina da scapolo alla ricerca di qualche tipo di recipiente. Non mi ci vuole molto: afferro uno di quei secchielli di plastica per margarita che si trovano a Panama City Beach durante le vacanze di primavera.

"Sbrigati!" urla.

Decido di non giudicare Ian per la sua evidente immaturità giovanile e mi do una mossa. Offro il secchiello ad Aidan. Ian sta già inserendo il tubo nel torace di Max, bloccandolo con un paio di pinze chirurgiche, mentre Aidan tiene il recipiente sul bordo del tavolo e vi infila l'altra estremità. Quando Ian rilascia le pinze, un flusso di sangue scorre attraverso la plastica e la macchia di rosso.

"Vieni qui," dice Ian. Lo accontento subito. Mi passa una maschera con una sacca attaccata. Per fortuna, ho visto abbastanza repliche di tutti i medical drama esistenti al mondo, quindi so esattamente cosa devo fare. Bastano due pressioni sulla sacca perché Max abbandoni quei respiri brevi e affannosi, sostituiti da altri più lenti e profondi.

Ian la osserva per qualche minuto, poi prende un kit di sutura per il tubo nel petto, e non sono mai stato così felice di non dover guardare qualcosa di così disgustoso.

"Okay, ora che Max respira di nuovo, ho bisogno che tu mi dica che cazzo le è successo. Perché se è colpa tua, troverò un modo per farti fuori, non mi importa se dovrò inventarmelo." Ian ribolle di rabbia, mentre fa un nodo alle suture e controlla il resto del corpo di Max per vedere se ci sono altre ferite.

Una parte di me vorrebbe dargli un pugno in faccia, ma fatico a biasimarlo. Percepisco l'amore che prova per Max: lei è tutto per lui. Probabilmente è un tratto caratteriale degli spettri che non riesce a scrollarsi di dosso. O forse è qualcosa di più. Spero che sia qualcosa di più. Per il bene di Max.

"Qualche giorno fa, una coppia è venuta nel nostro studio di tatuaggi. La ragazza era incinta, il tizio un vero idiota. Ho capito subito che lei, Melody, era nei guai. Max ha fatto addormentare il tizio e Melody ci ha detto di averlo sentito parlare con degli amici. Ha detto che l'avrebbe uccisa dopo la nascita del bambino. Io e Max abbiamo pensato di portarla fuori città, giusto? Ma poi lo stronzo, Micah, si è svegliato e ha aggredito Max. Siamo scappati, ma lui ci ha rintracciati a casa di Max. Siamo riusciti a fuggire di nuovo e abbiamo portato Melody a casa sua in Indiana. Ma lui... lui l'ha trovata comunque. E ha ucciso la sua famiglia."

Devo fermarmi un attimo e schiarirmi la voce. Non dovrei essere qui a spiegare tutto a Ian. Dovrei tentare di rintracciare Melody. Dovrei sfruttare tutti i miei contatti per riportarla indietro. E se le facesse del male? E se partorisse...

"Stavo cercando qualcosa di suo, così Max avrebbe potuto localizzarla. Max era nel fienile. L'hanno aggredita in due. Ne ha messo fuori combattimento uno, ma l'altro le ha fatto il culo, finché lei non gli ha sparato in faccia con un colpo di fucile caricato con il sale grosso."

Aidan fischia di nuovo. "E questo vi ha portati qui."

"Esatto."

"Quello che voglio sapere è perché non hai protetto Max. I demoni non possono toccarti, almeno non fisicamente. Perché non cri con lei?" Ian continua a fremere dalla rabbia, i suoi occhi passano rapidamente dal nero al marrone scuro.

Non ho idea di cosa stia parlando, e glielo faccio presente.

"Di che cazzo parli?"

"L'Armistizio, stupido. I demoni non possono toccare gli angeli e viceversa. Farlo provocherebbe una guerra in cui nessuno vorrebbe essere coinvolto. Avresti potuto proteggerla, se fossi rimasto con lei. L'avrebbero lasciata in pace. Certo, è per metà demone, ma con un angelo al suo fianco non l'avrebbero neanche sfiorata."

"Primo, non ho idea di cosa tu stia dicendo. Secondo, non importava che le fossi vicino: inizialmente, ci hanno attaccati mentre eravamo insieme. Le hanno bruciato il braccio. Le hanno fatto rivivere i ricordi peggiori... qualcosa sull'ultima volta in cui è morta. Terzo, sei praticamente un poppante, come cazzo fai a sapere tutte queste cose?"

Ian aggrotta per un attimo la fronte, confuso, prima di capire. "Voi due non avete la più pallida idea di cosa siete veramente, eh?"

Immagino di no.

II
MAX

angelo al suo fianco non l'avrebbero neanche sfiorata...

Riconosco quella voce, ma ci metto qualche secondo per capire di chi si tratta. *Ian.* Perché sento Ian? Dove diavolo mi trovo? Le mie palpebre impiegano un bel po' ad aprirsi e mi ci vuole altrettanto per rendermi conto che sto guardando l'alto soffitto di un appartamento.

Poi il dolore si fa sentire e sono costretta a concentrarmi su ciò che mi circonda, in modo che l'agonia delle ossa che si ricompongono e delle ferite che si rimarginano non mi tolga il fiato. Le voci maschili che discutono in modo animato mi danno sui nervi, ma lo sopporto.

Beh, almeno finché le parole di Ian non si fanno strada tra le mie sinapsi.

Certo, è per metà demone... E un'altra piccola perla: *Voi due non avete la più pallida idea di cosa siete veramente, eh?*

La frase mi fa balzare a sedere come un pupazzo a molla.

La mia voce è fatta di vetri rotti, ma riesco a gracchiare: "Chi è per metà demone?"

Non sono in grado di sentire la risposta, perché l'agonia rovente che provavo poco fa si è trasformata in una sorta di tortura che mi brucia l'anima e mi distorce la mente, rischiando di farmi svenire. Mi rendo anche vagamente conto di essere nuda dalla cinta in su, una situazione che non mi piace per nulla, ma che ora come ora non riesco davvero a elaborare. Ciò che riesco a elaborare, e mi terrorizza, è il tubo che mi esce dalle costole. È suturato in modo tale che la mia pelle si increspa tutto attorno.

Non credo che dovrei essere sveglia durante questa fase della guarigione. Credo che gli umani abbiano ragione e che il coma sia probabilmente la cosa migliore per tutti. Sì. Un bel coma sarebbe perfetto in questo momento.

"Cazzo, Max!" Ian viene verso di me e allunga la mano, facendomi stendere di nuovo su quello che capisco essere un tavolo da biliardo. Poi si mette a frugare nella borsa. Spero che lì dentro abbia dei farmaci davvero efficaci, perché non credo che l'ibuprofene sarà sufficiente.

Per come mi sento, mi andrebbe bene anche una martellata in testa, con tanto di danni cerebrali. Inoltre, da qualche parte in questa stanza c'è un animale ferito. I suoi lamenti mi gelano il sangue.

"Ci penso io a te." I suoi occhi scuri incontrano per un attimo i miei, prima che indietreggi e ricominci a frugare nella borsa. È allora che mi accorgo che quel lamento bestiale proviene dalla mia gola. Sono *io* a emettere quel suono orribile.

"Andrà tutto bene, piccola. Te lo prometto."

Sento l'ago che mi punge il braccio, e nel giro di un paio di secondi al massimo sto già fluttuando.

È in quel momento che mi rendo conto che nessuno ha risposto alla mia domanda, ma non serve. Sono abbastanza sicura che la risposta è qualcosa che mi tormenta da quasi quattro secoli.

Una verità che non ho mai voluto ammettere neanche e soprattutto a me stessa.

Se dovessi tirare a indovinare, direi che il mezzo demone sono io.

Ma forse sono i farmaci a parlare...

MI SVEGLIO DI NUOVO NELLA MORBIDEZZA DI un letto ben fatto. La stanza è buia, dev'essere notte fonda. Il mio unico obiettivo è sedermi con cautela, e riesco a farlo senza provare il dolore lancinante di prima. Inoltre, indosso una maglietta nera e dei boxer blu. Il tubo non c'è più, ed è una delle poche cose che posso annotare nella colonna delle vittorie.

È la seconda volta in quarantott'ore che è qualcun altro a vestirmi, e lo trovo piuttosto irritante.

Il passo successivo è scendere da quel letto enorme – anche se non sono una donna minuta, la distanza tra il materasso e il pavimento mi sembra esagerata. Ci riesco comunque, indovinando dove si trova il bagno e facendo i miei bisogni. Ucciderei per uno spazzolino da denti, ma mi accontento del tubetto di dentifricio mezzo schiacciato sul ripiano disordinato e del mio dito.

Poi osservo attentamente i bendaggi sulle braccia che sembrano essere diventati più grandi, invece che più piccoli. Non mi piace.

Mi guardo allo specchio e decido che sicuramente ho avuto un aspetto migliore. La mia pelle abbronzata ha assunto un colorito giallastro, e le borse sotto gli occhi sono talmente enormi che potrei usarle per girare l'Europa. Inoltre, i miei capelli sono un ammasso di nodi, sangue secco e chissà cos'altro.

Ho bisogno di una doccia. Ho bisogno di un giorno libero. Ho bisogno di una vacanza.

Melody. *Oddio.*

Esco di corsa dal bagno, apro la porta della camera da letto e vado a sbattere contro un uomo alto con un berretto di lana. Lo conosco.

"Chi cazzo indossa un berretto di lana a luglio?" Fisso Aidan e mi torna in mente tutto quanto. Sono stata ferita. Striker deve avermi portata da Ian.

"Non giudicarmi per le mie scelte in fatto di stile e io non giudicherò le tue, Puffetta."

"Davvero originale. Dov'è Striker? E Ian? Ian era qui, giusto?" I miei ricordi sono un po' annebbiati.

"Probabilmente sono in salotto, a cercare di non uccidersi a vicenda."

Lo supero prima di cogliere il senso delle sue parole. "Aspetta un attimo, perché dovrebbero cercare di uccidersi a vicenda?"

Aidan scuote la testa e borbotta qualcosa che suona come: "Non sono affari miei."

Attraverso il corridoio pressoché spoglio e raggiungo una grande stanza che sembra fungere da soggiorno, cucina e sala da pranzo. L'arredamento è un incrocio tra stile spartano e la casa di una confraternita. Un tavolo da biliardo al posto di quello da pranzo, un divano in pelle che potrebbe ospitare quindici persone, una TV più grande di alcuni cartelloni pubblicitari e un mobile da cui sbucano tutte le console di gioco esistenti.

Se non li conoscessi, penserei che Ian e Aidan abbiano vent'anni, non più di cento.

"Se vuoi entrare là, dovrai passare sul mio cadavere in decomposizione." Il ringhio basso e cupo di Ian risuona nella stanza.

Ian sta bloccando il passaggio a Striker, premendogli un artiglio sul petto. Striker ha in mano una delle mie borse da viaggio con dentro, spero, i miei trucchi, i prodotti per capelli, un cambio di vestiti e le scarpe. Per qualche motivo, Ian non vuole lasciar passare Striker.

"C'è una parola magica che il mio migliore amico deve pronunciare per poter passare o cosa? Perché possiamo andarcene. Anzi, andarcene mi sembra un'ottima idea. Abbiamo da fare."

Entrambi si voltano verso di me. L'espressione di Ian muta prima che possa guardarlo negli occhi, ma non mi sfugge l'accenno di dolore che vi trovo, nonostante lo mascheri in fretta.

"Volevo che ti alzassi e ti vestissi in modo da potercene andare, ma il dottor Moran qui non se la sentiva di dimettere la sua paziente, e ha sparato una montagna di stronzate. Comunque, ora sei sveglia, quindi la discussione è inutile."

Un ringhio sfugge dalle labbra di Ian, ma gli parlo sopra.

"Quali stronzate?"

"Non..."

Lo interrompo prima che possa rifilarmi qualche scusa. "Quali stronzate, Striker?" I suoi occhi ambrati brillano per un attimo per poi socchiudersi, e stringe i denti in un modo che significa che non me lo dirà, a meno che non glielo tiri fuori con la forza.

Okay, Striker non mi rivelerà nulla, ma Ian sì. "Sputa il rospo." Trafiggo Ian con lo sguardo. E lui è fin troppo ansioso di obbedire.

"Sei una mezza demone. Il tuo amico, qui, è per metà angelo. Non so in che guaio vi siate cacciati, ma quelle bruciature sulle braccia ne sono parte integrante."

La conferma non mi sconvolge quanto mi sarei aspettata.

"E tu ne sei sicuro?" Incrocio le braccia sul petto, nonostante il dolore che continua a tormentarmi la pelle.

"Sì. L'ho saputo da una fonte affidabile." Ian imita la mia postura, dando le spalle a Striker.

"Quello che voglio sapere," interviene Aidan da dietro di me, "è cosa intendi con 'l'ultima volta che è morta'. Sei una necromante o qualcosa del genere?"

Le sue domande mi pungono sul vivo. Non è la prima volta che me lo chiedono, e probabilmente non sarà l'ultima.

"No, non sono una necromante. Non sono a servizio di un cazzo di demone. E dovreste sapere cosa intendeva, perché eravate presenti!" Agito una mano con rabbia, facendo tremolare le luci. *Ops.*

"A casa di Mena. Quando l'incantesimo protettivo è stato spezzato. Non ti ho salvata, è vero, non ti ho tenuta in vita. Sei morta." Il mormorio sofferente di Ian mi provoca una fitta al petto.

"Se ti fa sentire meglio, quella volta ero convinta che non sarei tornata indietro." La mia voce si affievolisce. "Non ero mai morta in quel modo, quindi ho apprezzato i tuoi sforzi."

Ian mi guarda come se avessi perso la testa, e gli occhi di Striker iniziano a brillare di nuovo. Era la cosa più sbagliata da dire.

"No, non mi fa sentire meglio!" mi rimprovera Ian. "Perché non lo hai detto a nessuno?"

Come faccio a condensare una vita di dolore, sofferenza e sconforto in un'unica frase?

"Sono stata cacciata dalla mia congrega a quattordici anni per essere tornata in vita dopo essere stata bruciata sul rogo. L'esperienza mi ha segnata sul piano emotivo. Scusami tanto."

Ian alza gli occhi al cielo. "Sono un irlandese per metà nero che è nato più di cento anni fa. Per non parlare del fatto che sono mezzo spettro e mezzo qualsiasi cosa fosse mia madre, un qualcosa che ha creato un amalgama di abilità che sembrano fregarmi in ogni occasione. No, non ho la più pallida idea di cosa significhi essere discriminati." Lo dice in tono piatto, fissandomi come se fossi un'idiota, con l'accento irlandese più marcato che mai.

Okay, non ha tutti i torti.

"Va bene, avrei dovuto dirtelo. Hai ragione. Mi scuso per aver nascosto delle informazioni importanti su di me."

Sia Ian che Aidan sembrano riflettere sulle mie scuse per qualche istante, mentre Striker ribolle di rabbia. Lo capisco. Melody è nelle mani degli stessi uomini da cui abbiamo giurato di proteggerla. Sarebbe proprio il caso di darsi una mossa.

"Hai detto che tutto aveva a che fare con le ustioni di Max. Puoi spiegarti meglio?"

"Non posso. Non ne so abbastanza. Però conosco una persona con cui potremmo parlare, e che potrebbe anche aiutarci con la tua ragazza. Ma se fossi in te, mi vestirei elegante."

"Perché?" mi viene spontaneo domandare.

"Perché stiamo andando all'Aether."

Non riesco a capire perché quel nome mi suoni familiare, finché non mi torna in mente. È il club di streghe dove siamo stati secoli fa.

Spero che Striker abbia messo qualcosa di sexy in quella borsa da viaggio. *Penso che ne avrò bisogno.*

I2

MAX

MI CI È VOLUTA PIÙ DI UN'ORA PER DARMI UNA sistemata in modo da poter tentare di tornare in quel locale. Probabilmente non sono la benvenuta all'Aether, ma Ian ha detto che conosce il proprietario e che ci avrebbe fatti entrare. Per fortuna, o Striker aveva già deciso di andare lì per fare qualche domanda, oppure aveva preso il primo vestito che gli era sembrato potesse farmi sentire carina dopo essere quasi morta.

Scelgo di credere alla seconda opzione, anche se è più probabile che si tratti della prima.

Un po' agitata, strattono le maniche della giacca nera di pelle per coprire il bianco delle bende ed esamino il mio riflesso nell'unico specchio a figura intera dell'appartamento di Ian. Non sono abituata a prepararmi per andare in un locale, ma visto che di norma trucco e capelli sono sempre perfettamente in ordine, non ho problemi a darmi una rassettata in fretta. Striker mi ha aiutata, asciugandomi i capelli con cura mentre io mi occupavo dell'eyeliner, così la mia solita ora e mezza di preparazione si è ridotta notevolmente.

Ho abbinato la giacca a un top nero di seta con un profondo scollo a V e pantaloni cropped di pelle nera. Il tocco finale sono stati i tacchi a spillo di Christian Louboutin con le borchie argentate. Sono luccicanti e un po' pericolosi. Li adoro, nonostante li abbia pagati una cifra assurda.

Avere i capelli in ordine mi fa sentire meglio, nonostante la mia vita sia assolutamente sottosopra. Inoltre, mi sento strana. Non sto male, non sono ferita, ma mi sento strana. Prosciugata, forse?

"Vuoi guardarti un altro po' allo specchio o hai intenzione di darti una mossa?" chiede Striker alla mia sinistra, sistemandosi i gemelli della camicia bianca inamidata. Indossa di nuovo un completo, anche se avrebbe potuto cavarsela con l'outfit che portava un'ora fa. Come me, però, non vuole rischiare di essere buttato fuori prima di scoprire qualcosa di utile.

"Ho intenzione di darmi una mossa. Ma mi sento strana."

"Avevi un tubo che ti drenava il sangue dagli organi vitali. Mi sentirei strano anch'io. Su, andiamo."

Annuisco e lo seguo, raggiungendo Ian e Aidan in salotto. Aidan fischia in segno di apprezzamento, e Ian gli tira una gomitata nelle costole. Non ho idea di cosa significhi.

Dato che dovrebbe essere lui a portarci a destinazione, tutti mettono una mano su Aidan. Aidan è uno spettro purosangue e, a meno che la sua posizione non sia cambiata, è un guardiano del re e della regina della sua specie. Le sue abilità sono un po' un mistero per me, ma so che può apparire e scomparire ovunque in qualsiasi momento. Un attimo prima è un uomo, quello dopo è una nuvola di fumo nero che svanisce nel nulla. È inquietante da morire. Senza nemmeno contare fino a tre, Aidan usa i suoi poteri per trasportarci nella zona industriale di Denver.

I poteri da spettro di Aidan fanno schifo, penso, vacillando sui tacchi e cercando di non vomitare sul marciapiede crepato dove siamo atterrati. Il teletrasporto degli spettri ti fa sentire come se ogni molecola del tuo corpo venisse distrutta e poi rimessa insieme nel modo sbagliato. Non mi piace per nulla.

Mi sforzo di non svuotare il contenuto dello stomaco sul marciapiede e seguo gli altri verso la porta di un magazzino che sembra essere spuntata dal nulla. Ian la fa scorrere, rivelando più o meno quello che ho visto l'ultima volta. Ora, però, gli acrobati sono aggrappati a degli anelli appesi al soffitto che ricorda un cielo stellato e, invece di essere nudi, hanno le parti intime coperte da piume di pavone. Si dondolano e volteggiano sopra la pista da ballo, e li ammiro per qualche istante, prima che qualcuno mi tiri la mano e mi faccia barcollare in avanti.

Ian mi tiene per mano e invece di muoverci tra la folla, la aggiriamo per raggiungere una zona meno affollata e una massiccia porta nera con la scritta 'Direzione'. Ian bussa e una donna che riconosco sbuca dallo spiraglio lasciato dalla porta socchiusa. È alta e bionda, e ricordo chiaramente che l'ultima volta che siamo stati qui si è spalmata addosso a Striker.

"Dottor Moran. Non ricordo di averti invitato. Hai un appuntamento?" Il suo accento australiano si avvolge intorno alle parole in un modo seducente che non apprezzo.

Non è una donna inconsapevole delle sue risorse. No, le usa come un'arma. I suoi occhi azzurri simulano un'innocenza che conosco fin troppo bene, e considerando anche il suo abbigliamento, sono sicura di averla inquadrata alla perfezione.

Indossa una giacca da smoking da donna dal taglio ampio, ma sotto non ha la camicetta. Abbinata a un paio di pantaloni cropped e a una collana che sembra fatta di piume dorate, è chiaro che sa esattamente come appare e come suona. Non che questo mi dia fastidio, anzi, muoio dalla voglia di sapere dove ha comprato quella collana.

"Sappiamo entrambi che non ho bisogno di un appuntamento, Ruby. Per favore, digli che gradirei un colloquio."

"Va bene." Sospira e chiude la porta. Un minuto più tardi, la apre completamente su un lungo corridoio pieno di librerie stipate fino al soffitto. Il corridoio conduce a quello che mi ricorda l'ufficio di una biblioteca. Il soffitto e le pareti non sembrano adatti a un magazzino, ma piuttosto all'interno di una sontuosa dimora da qualche parte in Europa.

Data la natura del club, ciò è del tutto possibile. Il corridoio non ha nemmeno la metà dei libri disposti sugli scaffali che ricoprono le pareti, interrotti solo da un caminetto o da un mobile bar.

Un uomo è seduto dietro una sfarzosa scrivania di mogano. Mi ricordo anche lui. Era il tizio attraente dall'aria pericolosa che ho visto parlare con Striker.

Ha i capelli castani pettinati all'indietro alla perfezione, come se le ciocche fossero troppo obbedienti per spostarsi. I suoi occhi sono azzurri e penetranti, in netto contrasto con i capelli scuri. Sono contenta di essermi truccata e di essermi data una sistemata, perché questi due sono talmente belli che mi fanno sentire un troll.

"Ian, Aidan, Striker. Piacere di vedervi. E questa chi è?" L'uomo mi indica con un lieve cenno del capo.

"Caim," lo saluta Ian, "ti presento Maxima Alcado."

Cerco di non fare una smorfia udendo il mio nome completo, ma un occhio si contrae comunque. Il tic sembra divertire Caim, e un mezzo sorriso spunta sulle sue labbra carnose.

"E perché hai portato una Rinnegata nel mio locale?" Caim mi fissa con il suo sguardo gelido. Sembra in grado di leggermi dentro, mettendomi a disagio.

"Abbiamo un problema con un demone." Ian stringe appena la presa sulla mia mano.

"Mi pare ovvio." Ruby mi guarda come se fossi uno scarafaggio che sta pensando di schiacciare con la sua scarpa a punta.

"Visto che non hai seguito il mio consiglio, cosa ti fa pensare che abbia voglia di aiutarti?"

"Perché un incubo ha attaccato un angelo, ed ero convinto che questo fosse contro l'Armistizio. Pensavo che avresti voluto saperlo."

L'affermazione audace di Ian sembra coglierlo di sorpresa. I suoi occhi si allargano appena, prima che riesca a riprendere il controllo e ad apparire totalmente impassibile, intrecciando le dita sul ripiano di legno.

"Interessante. È un'accusa molto grave."

"Lo è, se ciò che sostiene Ian è vero. Cioè che io sia in qualche modo per metà angelo. Immagino che abbia ottenuto questa informazione da te, e dato che ti conosco da diversi anni, mi domando perché io non ne fossi a conoscenza."

"Prima di tutto, non me lo hai mai chiesto. Secondo, non sono del tutto sicuro di quale sia la tua ascendenza. So solo che sicuramente non sei un empatico, e se dovessi azzardare un'ipotesi, direi che sei una specie di serafino. Forse. Di sicuro sei un angelo mescolato a qualcosa. Ma... i tuoi genitori non sono registrati nella mia lista, quindi non posso stabilirlo con certezza." Scrolla le spalle, come se dire a qualcuno che tutta la sua vita è stata una menzogna fosse un'informazione da niente.

"Che lista?" sbotta Striker.

"Ho una lista di tutti gli Eterei. O almeno tutti quelli registrati con il Consiglio. Come te, Maxima Alcado, figlia della strega Teresa Alcado e del demone Andras. Ma tu sapevi già di essere un po' diversa, vero? Con quel morire e tornare in vita e tutto il resto? Quante volte è successo, ormai? Centotrentotto, giusto?"

"Centotrentanove, e apprezzerei molto se per favore mi chiamassi Max."

"Una demone educata. Interessante." Ruby sogghigna dalla sua posizione, appoggiata al bordo della scrivania di Caim.

"Oh, non dare retta a Ruby, è piena di pregiudizi. Sono molti i demoni che sanno comportarsi bene. E sono altrettanti gli angeli che si comportano male. Ciò che siamo non determina ciò che possiamo essere. Gli Eterei, come gli umani, sono intrinsecamente neutrali. Proprio come me."

"È bello sapere che non diventerò un'assassina psicopatica. Per un attimo mi era sorto il dubbio," scherzo, con un sorriso ironico che rispecchia quello di Caim. "Giusto perché tu lo sappia, quelle centotrentanove volte che sono morta? È successo perché stavo aiutando delle persone. In quattro secoli non ho mai ucciso un solo innocente. Neanche uno. Ti sarei grata se non mi guardassi come se fossi una merda di cane. L'unico motivo per cui sono una Rinnegata è perché sono tornata in vita dopo essere stata bruciata sul rogo a quattordici anni."

Per un attimo Ruby sembra dispiaciuta e mormora a mezza voce: "Che orrore." Poi mi rivolge un cenno pieno di comprensione. Presumo di non essere l'unica con un passato orribile.

"Fornitemi i dettagli della situazione e sarò felice di occuparmi del caso."

Striker gli racconta tutto quello che è successo, partendo dallo studio di tatuaggi, passando alla mia casa e infine alla fattoria dei Danvers in Indiana. Nulla sembra sorprendere Caim, tranne una cosa: il fatto che siano riusciti a infiltrarsi a casa mia. Ascolta con attenzione, annuendo e prendendo appunti su un bloc-notes.

Una cameriera entra nel bel mezzo del racconto di Striker, portando a Caim una tazza di tè. Incrocio il suo sguardo per un secondo. La riconosco: è la cameriera che ci ha serviti mesi fa, ma all'epoca era molto più felice. Ora è pallida come un lenzuolo. Ruby la congeda e lei si allontana in fretta, ma non prima di avermi lanciato un'ultima occhiata inquieta.

"Sistemerò tutto. Nel frattempo, ti suggerisco di

provare a localizzare la tua Melody usando qualsiasi parte della pelle con cui l'hai toccata. Sfrutta i tuoi poteri angelici, Striker. Ti sorprenderà scoprire quello che sei in grado di fare. E... Max? Hai accesso temporaneo al mio club e verificherò il tuo status di Rinnegata. Tua madre è una tipa difficile, vero?"

Non ne hai la minima idea.

Gli rivolgo il mio migliore sorriso sardonico, preferendo evitare di criticarla davanti a degli estranei, ma senza preoccuparmi di negarlo. Mia madre è veramente orribile, ma non conosco Caim abbastanza bene da parlarne liberamente con lui.

Non mi hanno mai insegnato tutto quello che avrei dovuto sapere, ma non sono una stupida.

Scrollo le spalle e Ruby ci conduce all'esterno dell'ufficio, verso il locale chiassoso pieno di gente mezza nuda. Non riesco a fare neanche due passi all'interno della sala che qualcuno mi afferra il braccio. Sibilo di dolore e ritraggo il braccio, sottraendolo alla cameriera di prima. I suoi capelli biondi sono arruffati, la sua pelle è giallastra per l'angoscia.

"So dov'è la tua amica. Quella incinta. Era qui. Nel seminterrato del club. L'ho vista."

Deve avermi letto in faccia che non le credo, perché mi afferra di nuovo il braccio, strappandomi un mugolio sofferente.

"Era qui. Te la giuro!"

Ma io le credo, e la rabbia che provo mi rende facile sfondare la porta dell'ufficio di Caim e fare irruzione all'interno.

Col cazzo che avrebbe sistemato tutto.

I3

MAX

CIRCA DIECI SECONDI DOPO AVER FATTO esplodere la porta, mi viene il dubbio che forse il mio gesto potrebbe essere stato avventato. Ma considerando tutto quello che ho passato per proteggere Melody, solo per vederla imprigionata proprio nel locale dove avevamo deciso di cercare aiuto, preferisco soprassedere. Probabilmente non aiuta il fatto che sto trascinando una cameriera per un braccio lungo il corridoio per fare un bel discorsetto a Caim.

Alle mie spalle si sentono mormorii non troppo sommessi, ma sono così incazzata che non ci faccio caso.

In fondo al corridoio, tra me e Caim, c'è Ruby. Sono abbastanza intelligente da sapere che non potrei mai batterla in combattimento, ma sono anche abbastanza stupida da mettere alla prova le mie capacità.

"È meglio che vi diate tutti una calmata e vi mettiate a sedere," ordino con voce tonante. Quando schiocco le dita, Caim finisce sulla sua lussuosa poltrona in pelle e Ruby sembra volare in aria, atterrando su un'altra poltrona dall'aspetto comodo. Sento uno strano scalpiccìo dietro di me; devono essere i miei amici, vittime dello stesso incantesimo.

Uno spiacevole effetto collaterale, ma probabilmente è meglio così.

A questo punto, Caim sembra leggermente turbato, ma Ruby sta probabilmente riflettendo sul modo migliore per staccarmi la testa dal collo. Non posso biasimarla.

"Ora. Ne discuteremo con calma e razionalità, perché contrariamente a quanto si crede, in realtà non mi piace farmi dei nemici. La tua adorabile cameriera ha sentito la nostra conversazione e sostiene che una donna corrispondente alla descrizione di Melody era nel seminterrato di questo club. Oggi. Ciò significa che nelle ultime dodici ore hai avuto una donna incinta, vittima di rapimento, segregata nel tuo locale. Per carità, può sempre trattarsi di una coincidenza. Ma questa storia puzza. Ti va di spiegarmi?"

Gli occhi di Caim si stringono in due fessure furibonde e il suo viso si arrossa. È allora che capisco che nessuno parla a causa dell'incantesimo. Forse era un po' troppo potente.

Ops.

Schiocco di nuovo le dita. "Scusa," mormoro. Sono sincera: se Caim e Ruby non hanno niente a che fare con questa faccenda, non voglio assolutamente inimicarmeli.

Se invece sono coinvolti, potrei aver preso una decisione azzardata.

"Nel mio locale?" Caim è furibondo, le sue parole suonano come il sibilo di un serpente prima di attaccare. "Voglio sapere esattamente cos'è successo e voglio sapere esattamente dove l'hai vista. Dimmelo, Silver. Se sarai sincera, non ti succederà nulla."

Silver, la cameriera, trema nella mia presa, ma esito a lasciarla andare. Se dovesse scappare, perderei la mia testimone.

"C'era... c'era un uomo nella stanza sul retro che parlava con il nuovo barista... Vincent? Victor? Non so come si chiama. Stavano... stavano litigando, ma non ho capito per cosa. Quando sono andata nel magazzino prima di iniziare il turno, per assicurarmi che ci fossero abbastanza tovagliolini, ho sentito una... una donna. Stava... stava piangendo e urlando.

Così... così ho seguito le grida e il seminterrato non... non aveva l'aspetto del nostro seminterrato, non so se mi spiego. C'erano delle persone e stavano impacchettando delle cose e spingendo della gente in delle gabbie. C'era una donna incinta, urlava che non sarebbe andata, e l'hanno... l'hanno colpita in faccia, ed è... è caduta." Si porta una mano alla bocca, le si spezza la voce.

"Le hanno... le hanno semplicemente chiuso la porta della gabbia in faccia. Mi è sfuggito un sussulto, e sono venuti a cercarmi, così sono tornata al lavoro. Volevo... volevo dirlo a qualcuno, ma non aveva alcun senso e poi ho pensato di essermi immaginata tutto. Ma se non fosse stato così, allora sarei dovuta andarmene e non tornare mai più. Avevo... avevo paura che mi uccidessero per aver visto troppo." Silver si pulisce il naso con il dorso della mano. Sta ancora tremando, ma a un certo punto della storia l'ho lasciata andare e le ho messo un braccio intorno alle spalle.

"Puoi mostrarci quel luogo?" Capisco che Caim sta cercando con tutte le sue forze di non spaccare in due la scrivania. Non è stato lui. È impossibile. Se fosse coinvolto, meriterebbe un Oscar.

Silver annuisce e si rannicchia addosso a me. Povera ragazza. Sta tremando come una foglia nel suo vestito quasi inesistente, fatto di una specie di rete e piume di pavone. Mi tolgo la giacca e gliela poso sulle spalle.

"Maxima, tutto questo sarebbe molto più veloce se mi restituissi l'uso del mio fottuto corpo," mi ricorda Caim.

Merda. Schiocco di nuovo le dita, permettendo a tutti di muoversi, mormorando nuovamente un imbarazzato: "Scusa."

Caim mi passa accanto, sottraendomi Silver e prendendola sottobraccio. Poi conduce gli altri fuori dall'ufficio. Io e Ruby siamo le ultime a uscire e, mentre varchiamo la soglia, schiocco ancora una volta le dita, trasformando la porta distrutta nella solida superficie nera che era prima del mio arrivo.

Ruby non apre bocca, ma il suo sopracciglio sollevato mi dice tutto quello che serve, incluso il fatto che le piacerebbe proprio torcermi il collo. Non posso farci molto, ma le rivolgo comunque un sorriso pentito e seguo gli uomini sul retro del locale. L'ultima volta che sono stata qui mi sono persa gran parte di quest'area, ma ho la sensazione che il club cambi abbastanza spesso.

Scorgo tra la folla i capelli biondi di Striker e Ruby, e mi affretto a seguirli lungo diverse svolte, finché non li raggiungo in un corridoio sul retro che sembra non finire mai. Non riusciamo neanche a sentire la musica del locale.

"Ruby, ti dispiacerebbe trattenere Vaughn dietro al bancone? Ho la sensazione che dovremo scoprire cosa sa esattamente." Caim osserva la porta di quello che presumo sia il seminterrato. Ruby annuisce e scompare prima che i miei occhi possano seguirla.

Impaziente, Striker cerca di superarci per raggiungere la porta, ma Aidan e io riusciamo ad afferrarlo per il colletto e a tirarlo indietro.

"Che cazzo stiamo aspettando?" ringhia.

"Questa porta non appartiene al locale. La porta che conduce al seminterrato è in fondo al corridoio. Questa, invece," sottolinea le parole indicandola con il dito, "va da qualche altra parte, proprio come la porta del mio ufficio. Dato che non sono stato io a creare questo aggeggio maledetto dal Fato, sto controllando che non ci siano delle trappole. Se vuoi morire perché sei troppo impaziente, fa' pure. Altrimenti, taci e lasciami lavorare."

Mi chiedo se dovrei intervenire e fargli sapere che non ci sono protezioni intorno alla porta, ma la mia bocca decide per me.

"Non ci sono le tipiche tracce lasciate dai sortilegi. È proprio come la tua porta. La magia è un po' più rudimentale, ma simile. Niente trappole," mormoro, ispezionando la cornice.

Caim mi fissa come se mi fosse spuntata una seconda testa.

"Cosa c'è? Non dovrei essere in grado di vedere le tracce dei sortilegi?"

Caim si limita a fissarmi. Immagino che la risposta sia no.

Mi invita con un cenno ad aprire la porta, e nonostante l'avvertimento di Ian, sotto forma di grugnito, lo faccio. Quando non accade nulla, inizio a scendere una scala pericolante e svolto l'angolo, ritrovandomi in un seminterrato quasi vuoto. I passi rapidi di Striker seguono i miei, e il suo ringhio di frustrazione sottolinea l'ovvio.

Li abbiamo mancati. Ovunque si vedono i resti di un luogo usato di recente: materassi spogli, odore di feci e urina, incarti di cibo, spazzatura. La puzza persiste, ma non c'è più nessuno.

Caim sembra ribollire di rabbia cieca mentre io tento di scorgere qualche indizio. Fallendo miseramente. La stanza è stata ripulita da qualsiasi traccia che possa essere anche solo vagamente rilevante. Dopo qualche minuto, fuggiamo tutti dal fetore della disperazione e torniamo al piano di sopra.

Quando arriviamo, incontriamo Ruby, che sta

spingendo un giovane davanti e sé. È a torso nudo ed è bello in quel modo stupido e unidimensionale che sembra derivare dalla troppa magia, dall'uso smodato di droghe o dalla penuria di cellule cerebrali. A giudicare dall'espressione un po' vacua, forse da tutte e tre le cose.

"Vaughn?" lo esorta Caim, ma senza ricevere una risposta. Vaughn sta fissando il corridoio con uno sguardo assente.

La situazione mi puzza. Letteralmente: questo tipo di magia sa di pesce marcio. Ma immagino che non tutti riescano ad annusare e vedere la magia come me.

"Qualcuno gli ha manomesso il cervello." Devo reprimere un conato di vomito causato dall'odore. "Gli incantesimi di memoria puzzano di pesce marcio."

Adesso *tutti* mi guardano come se mi fosse spuntata un'altra testa.

"Riesci anche a sentire l'odore della magia?" Caim aggrotta le sopracciglia, la sua non è realmente una domanda. I suoi occhi mi trafiggono in quel modo che mi mette a disagio.

"Solo di alcuni incantesimi. Non tutti. Ma quelli di memoria sono particolarmente ripugnanti." Cerco di non inalare la puzza, ma non ci riesco. "Oh, potete metterlo sottovento o qualcosa del genere?"

"Sai come guarirlo?" chiede Ruby, e sono tentata di risponderle onestamente.

Da un lato, questo tizio è molto probabilmente membro di una banda di contrabbandieri, quindi che vada pure al diavolo. Dall'altro, non ne sono sicura, perciò non posso lasciare che venga torturato. Inoltre, se anche riuscissi a ottenere qualcosa da lui, ciò non significa che alla fine tornerà completamente in sé. È più come decidere se preferiamo che il suo cervello venga fritto o strapazzato.

In entrambi i casi, il tuorlo non tornerà nell'uovo.

"Dipende da cosa intendi. Con un incantesimo così brutale? Potrei recuperare i suoi ultimi ricordi prima che gli cancellassero la memoria, ma non c'è modo di guarirlo. Potrebbe restare con la testa vuota, o al massimo ritrovarsi a sbavare. Quindi, a meno che non vogliate ucciderlo o offrirgli le cure migliori, preferirei evitare di incasinargli ancora di più il cervello."

"È coinvolto. Vedi di carpirgli tutte le informazioni possibili," ordina Caim. E io obbedisco, seppur riluttante.

Mormorando in una versione bastardizzata del creolo francese, recito l'incantesimo che ho imparato l'anno scorso da un paio di antichi grimori, posando due dita sulla fronte di Vaughn. Un attimo dopo, immagini ed emozioni mi inondano la mente, lampeggiando e fondendosi insieme.

Oscurità, paura, preparare drink, ansia, prendere il ghiaccio dal retro del bar, rabbia, litigare con Micah, camminare lungo un corridoio e scendere una scala, l'orrore per ciò che c'è nel seminterrato... niente... niente...

"Merda!" Chiudo gli occhi per cercare di raccogliere qualche informazione in più. "Era coinvolto, ma non lo sapeva... Quando ha visto cosa c'era nel seminterrato, ne è rimasto sconvolto. Micah stava usando la sua casa come una sorta di base, ma non gli ha mai spiegato a cosa gli servisse. L'ha pagato e Vaughn non ha fatto domande. Quel seminterrato è in una casa a Provo, nello Utah."

Quando apro gli occhi, Ruby sta tenendo il corpo inerte di Vaughn tra le braccia, il sangue gli cola dal naso e dagli occhi. *Oh, no.* Vaughn non era innocente, ma non era nemmeno malvagio. Non volevo fargli del male. Sì, sapevo che poteva succedere, ma...

I miei occhi si riempiono di lacrime, e Ian mi mette un braccio intorno alle spalle. Non so come mi sento riguardo al fatto che sia Ian a consolarmi per aver ucciso un uomo, ma lo accetto e basta.

"È come hai detto tu, piccola. Era coinvolto e non c'era modo di salvarlo," mi sussurra all'orecchio Ian, accarezzandomi il braccio con la sua mano calda.

"Beh, allora perché mi sento una merda?"

"Perché sei una brava persona. Ovvio," grugnisce Ruby, mentre solleva il corpo di Vaughn con una presa da pompiere e lo getta in una porta che non avevo notato. "Più tardi torno a occuparmi di lui. A meno che uno di voi spettri non abbia fame?"

"Non è molto appetitoso, ma grazie lo stesso," risponde diplomaticamente Aidan. So cosa intende: Vaughn non era malvagio. Gli spettri mangiano solo le anime malvagie.

Merda, ora sto anche peggio.

"Abbiamo molto di cui discutere. Suggerisco di ritirarci nel mio ufficio. E... Max?" Caim si volta verso di me.

"Sì?"

"La prossima volta bussa."

Dubito che se ne dimenticherà tanto presto.

14
MAX

PER QUALCHE MOTIVO, QUANDO RIENTRIAMO nell'ufficio di Caim, la stanza mi sembra molto più piccola. Non so se sia la rabbia di Caim a riempirla o l'ira di Striker. In ogni caso, l'atmosfera è decisamente ostile.

Ruby si è presa la libertà di ordinare del cibo. Nonostante non abbia mangiato da chissà quanto, non riesco a costringermi a ingurgitare neanche mezzo boccone dell'hamburger o delle patatine che ho chiesto. Di solito, riesco a mangiare tutti gli hamburger che mi mettono davanti. E non rifiuto mai le patatine, soprattutto se coperte di guacamole e salsa piccante. Al momento, però, non sono in grado di mangiare.

Strano.

Lancio un'occhiata a Striker. Anche lui non ha mangiato molto nelle ultime dodici ore, eppure il suo piatto è ancora pieno. La parte più taccagna di me vorrebbe prenderci a sberle entrambi per lo spreco di cibo. Ho sofferto la fame troppe volte per comportarmi così, ma proprio non riesco a ingerire nulla.

Abbandono il piatto e mi avvicino a Striker. Da quando siamo tornati nell'ufficio di Caim, non ha aperto bocca. Non posso biasimarlo. Il suo mondo è stato messo completamente a soqquadro.

"Ehi, Striker." Gli appoggio una mano sul braccio per confortarlo. Io e Striker siamo sempre stati molto affettuosi, probabilmente perché siamo cresciuti senza una vera famiglia. Avevamo bisogno del sostegno di qualcuno e, quando siamo diventati amici, quel sostegno l'abbiamo trovato l'uno nell'altra.

Adesso, però, la mia carezza non è la benvenuta. Lo capisco mezzo secondo dopo averlo toccato. Le spalle di Striker sembrano irrigidirsi, la sua mascella si fa di granito e dubito si renda conto che sono io. Afferra il braccio attaccato alla mano che lo sta toccando e lo stringe con tutta la forza e il potere soprannaturale di cui è capace.

Se fossi riuscita a muovere il corpo più in fretta

del cervello, probabilmente non mi troverei nell'agonia in cui mi trovo in questo momento.

Il mio urlo è silenzioso. Quello di Striker no.

"Non toccarmi, cazzo," dice a denti stretti, prima di voltarsi verso di me e spalancare gli occhi. E finalmente mi lascia andare. Quando le sue dita si staccano dal mio avambraccio ancora fasciato, sento il sangue tornare a scorrere nell'arto. Poi il cotone inizia a macchiarsi di rosso, ed è allora che tutti si muovono.

In qualche modo, Ian e Aidan si frappongono tra me e Striker. Ian lo fronteggia con le zanne e gli artigli sfoderati, pronto a farlo a pezzi. Aidan è alle spalle dell'amico; se sarà necessario, lo trascinerà via. Ruby e Caim sono dietro a Striker, e i loro occhi brillano come fanno di solito quelli di Striker quando è incazzato. Come in questo momento, con Ian a pochi centimetri dalla sua faccia, che minaccia di sventrarlo con un attizzatoio rovente.

Ah. Immagino che Striker, Caim e Ruby siano un po' più simili di quanto pensassi.

Sembra che Silver si sia nascosta da qualche parte, e io sono qui a sanguinare sul tappeto persiano di Caim.

Non capisco perché Ian sia accorso in mia difesa. Beh, posso avanzare delle ipotesi, ma continuo a non coglierne il motivo. Io e Ian non siamo mai andati d'accordo. Anzi, la prima volta che l'ho incontrato, avevo appena avuto un incidente d'auto: ero stata speronata da una coppia di lupi mannari assetati di sangue, mentre portavo via Nicola dall'ospedale.

Sono rimasta incosciente per gran parte dell'azione, ma quando sono tornata in me, Ian era lì. Non sapevo chi fosse, quindi gli ho scagliato contro un incantesimo.

E da allora mi odia.

O così credevo.

"Mi rendo conto che c'è molta tensione, ma sto rovinando un tappetto da quarantamila dollari. Se qualcuno potesse aiutarmi, sarebbe fantastico," dico ad alta voce, per farmi sentire al di sopra dei ringhi e del maledetto ego maschile.

Le mie parole hanno l'effetto desiderato. Ian si fa da parte, voltandosi per controllarmi il braccio. Mi trascina verso un paio di poltrone di pelle e si mette al lavoro.

"Pezzo di merda." Ian stacca la garza per esaminare la ferita. Non ho mai guardato le bruciature inferte da Micah, preferendo mantenere il contenuto del mio stomaco lì dov'è. Ma visto che non mangio da un pezzo, è poco probabile che mi metta a vomitare, così lancio un'occhiata riluttante alla mia pelle martoriata.

È diverso da ciò che immaginavo. Certo, c'è un'ustione, ma niente bolle o carne in rilievo. Sanguina e non sta guarendo, ma è molto diversa da qualsiasi bruciatura abbia mai visto. È piuttosto un disegno, un marchio impresso sulla pelle che copre il tatuaggio sottostante. Sembrano due mezze lune collegate tra loro, con una freccia che le attraversa. Ci sono cubi e triangoli all'interno di altri triangoli, puntini e linee. È semplice, eppure intricato, come i tatuaggi a punti e linee che ho fatto ad alcuni ragazzi del college che hanno scelto un disegno a caso da qualche sito web.

"Questa è una novità," osserva Ian, con una voce che mi fa venire i brividi. Sa più di quello che dice, e non è un buon segno.

"Tieni, ti ho portato la borsa." Aidan è accanto a noi e lascia cadere la borsa nera ai piedi di Ian. Mi ci vuole un secondo per capire che, nel tempo che ho impiegato a esaminare la bruciatura e andare fuori di testa, è tornato all'appartamento di Ian per recuperare i suoi strumenti.

Una parte di me sa che la situazione è grave. Non so cosa significhi esattamente quel disegno, ma non porterà nulla di buono.

Voglio che Ian mi rassicuri. Voglio che legga il

panico nella mia mente e mi dica che andrà tutto bene, che sto bene. Ma Ian non può leggere nella mia mente. Non può sapere che, nonostante la mia espressione impassibile, dentro sono una massa tremante di disperazione.

Striker invece dovrebbe saperlo, ma quando alzo lo sguardo dalla bruciatura, non lo vedo da nessuna parte. Se n'è andato.

La sua abilità nel percepire le emozioni di tutti i presenti in una stanza così piccola, per non parlare delle ultime rivelazioni su Melody... Lo capisco. Sul serio. Capisco perfettamente perché ha fatto quello che ha fatto, perché non vuole essere toccato e perché ha reagito in modo violento. Certo, avrei preferito che non lo avesse fatto con me, ma comprendo il suo stato d'animo.

E allo stesso tempo non lo capisco. Si è innamorato di Melody in mezzo secondo. Per quanto io non sia una che giudica, sono ancora scioccata dalla rapidità con cui il più dongiovanni di tutti gli Eterei si sia innamorato così perdutamente di una donna che conosce a malapena.

Un'altra cosa che non capisco è perché se ne sia andato. Non ho mai abbandonato Striker, *mai*, e in passato abbiamo affrontato situazioni ben peggiori.

Sono stata a un passo dalla morte, o anche morta, e non l'ho mai abbandonato.

Stronzo.

Ian lavora con cura, pulendo la ferita e fasciandola di nuovo per darle l'opportunità di guarire. Il fatto che non stia guarendo è un'altra cosa che mi preoccupa. Sono morta e tornata in vita più rapidamente di quanto ci metta questa stupida ustione a guarire. Quando finisce con l'avambraccio sanguinante, passa all'altro, controllando la pelle per vedere se c'è un'infezione – o almeno così dice. So che sono tutte sciocchezze.

Vuole vedere se anche l'altra bruciatura rappresenta lo stesso marchio. E purtroppo è così.

Credo di aver nutrito un briciolo di speranza, prima che Ian togliesse la garza. Forse si trattava di un caso, o forse ero su di giri per quello che era successo e la mia mente si era immaginata tutto.

E invece no.

Torno a concentrarmi su Striker e i suoi problemi, preferendo evitare di affrontare i miei.

"Cosa pensi che stia succedendo a Striker?" sbotto, e Ian alza la testa, sorpreso dalla domanda.

"Come mai me lo chiedi?" Sembra diffidente, ma non so perché.

"Beh, non è da lui innamorarsi così profondamente e così in fretta. Mi chiedevo se potesse esserci una ragione biologica, o... non lo so." Scrollo le spalle. "Come quando gli spettri si accoppiano. Cos'era...? La voce, giusto? Quando sentite la voce del vostro compagno predestinato, vi trasformate in creature folli e territoriali. Ci sono altri Eterei che si comportano in modo simile?"

Ian mi fissa per un attimo con un'espressione imperturbabile. Il silenzio si protrae abbastanza a lungo da farmi sentire un po' a disagio, ma poi scuote rapidamente la testa e mi risponde.

"Ce ne sono alcuni. Draghi, spettri, ovviamente, alcune specie di demoni, quasi tutti i tipi di mutaforma. Ma ogni fattore scatenante è diverso, e dato che non abbiamo idea di cosa sia, a parte il fatto che è per metà angelo, possiamo solo fare supposizioni."

Non aggiunge altro, e raccoglie le garze usate con un atteggiamento quasi distaccato.

Ho detto qualcosa di sbagliato? È scortese da parte mia voler sapere di più sugli altri Eterei?

Ian si alza per gettare via le bende sporche di sangue e il cotone imbevuto di alcol, e Ruby si siede sulla poltrona che ha lasciato libera.

Ha un'espressione pensosa, e la sua fronte è talmente corrucciata che temo stia per dirmi che sto per morire. Apre la bocca, ma poi la richiude un secondo più tardi, impegnata in una sorta di dibattito interiore.

"Sputa il rospo, tesoro. Sto morendo o cosa?" domando, esasperata.

Il suo sguardo è pieno di pietà, ma scuote la testa. Ian sta tornando verso di noi e Aidan è da qualche parte alle mie spalle. Striker è sparito, e non posso gestire tutto quanto nello stesso momento. Irritata, mi alzo e trascino con me Ruby, conducendola lontano dagli altri in modo che possa parlarmi senza un pubblico. Raggiunto il corridoio dei libri, mi fermo.

"Okay. Ti ascolto."

"Non stai morendo, ma... potresti desiderarlo. So che non abbiamo iniziato con il piede giusto e che forse non ti piaccio, e forse tu non piaci a me, ma come sorella devi sapere cosa c'è sul tuo braccio."

"Sono tutt'orecchie."

"È un marchio demoniaco. Un segno di proprietà." Parla come se mi stesse comunicando la diagnosi di una malattia terminale. E probabilmente è proprio così.

"Il demone che ti ha marchiata, in sostanza ti possiede. Può farti praticamente qualsiasi cosa, e in base all'Armistizio, secondo le regole del Consiglio, ne ha tutto il diritto. So che non hai motivo di fidarti di me, ma non c'è modo di impedirglielo."

In questo preciso istante, vorrei non aver abbandonato quella comoda poltrona, perché il pavimento mi sembra composto di sabbie mobili pronte a inghiottirmi.

"È così che mi ha trovata, vero? Ed è così che è riuscito a infrangere i miei sigilli protettivi?" Ma non c'è bisogno che mi risponda. La situazione è peggiore di quanto pensassi. Ero convinta di essere stata furba con tutte le misure di sicurezza che ho preso per proteggere Melody. E chi lo ha condotto da lei?

Io.

Sono un'idiota.

"Beh, grazie per avermelo detto. Qualche consiglio su come togliere il marchio?"

"Non c'è modo di toglierlo, di per sé. Quando è lì, è lì. Però c'è un modo per spezzare il controllo che il demone ha su di te, solo che non è facile."

"Beh, sorella, non mi sembra di avere altra scelta. Mi piacerebbe molto sapere come questo assassino, picchiatore di donne, sventratore e trafficante di esseri umani possa essere rimosso dalla mia vita."

Certo, lo dico con tono arrogante, ma la mia risposta non può essere un semplice 'dimmelo'. È un 'dimmelo, cazzo'. Ruby alza un sopracciglio, ma non mi importa se dovrò fare l'autostop nuda in Antartide fino a quando non mi cadranno le tette, ho bisogno di liberarmi di questo maledetto marchio.

"Devi ucciderlo," ammette Ruby, "e uccidere un demone non è facile. È praticamente impossibile. Ma ho un contatto a cui puoi rivolgerti. È una donna... eccentrica, ma sa il fatto suo. In genere, le vecchie fattucchiere possiedono conoscenze che il Consiglio rifiuta di salvaguardare o di condividere."

"Il Consiglio?"

"Un gruppo di anziani Eterei la cui missione nella vita è creare regole che nessuno rispetta. Non mi preoccuperei troppo."

Ruby tira fuori un foglietto dalla tasca posteriore dei jeans e me lo passa.

"Usa le informazioni che ti darà con saggezza. Le fattucchiere non vedono il bene e il male come lo vediamo noi."

In che guaio mi sto cacciando?

15

MAX

NELL'IMPROBABILE EVENTUALITÀ CHE RIESCA A sopravvivere a questo casino, ucciderò Ruby. Secondo le sue indicazioni, che avrei dovuto leggere per intero prima di intraprendere questo viaggio maledetto dal Fato, dovrei lasciare il sentiero situato a tre chilometri e ottocento metri dal parcheggio del lago Hanging e scendere nel canyon. Alle quattro del mattino.

Dev'essere uno scherzo.

Io non vado mai in campeggio. Né faccio escursioni. I miei unici hobby a contatto con la natura sono coltivare erbe e fiori nella serra e bere vino sul mio cazzo di patio.

E di sicuro non voglio saltare in una gola nera come la pece da questo punto panoramico, dato che è l'unico modo per arrivarci. Oh, ed è l'unico modo per arrivarci perché la parete rocciosa ha una pendenza di novanta gradi.

Il biglietto di Ruby dice espressamente che non posso usare la magia. Beh, Ruby e il suo biglietto possono andarsene a fanculo.

Non c'è altro modo per scendere se non calarsi con una corda dalla stramaledetta rupe, e non posso certo farlo con le mie Chucks. È già abbastanza brutto dover percorrere il sentiero nel buio armata solo di uno zaino pieno di ingredienti per incantesimi e una torcia elettrica. *Da sola*, dato che Striker è introvabile.

Okay, ho quattrocento anni. È vero, so badare a me stessa. Ma temo di imbattermi in un orso o in un puma. E poi ci sono i serpenti...

Al diavolo.

Non trascorrerò un altro secondo qui fuori al buio. Schioccando le dita, mi teletrasporto nel canyon circondato dagli alberi. Certo, non avevo previsto di atterrare in un ruscello, ma preferisco le scarpe bagnate alla morte assicurata. Esco dal ruscello e schiocco di nuovo le dita per asciugarmi i piedi.

Avrei dovuto ascoltare Ian. Mi aveva detto di non fidarmi di Caim e Ruby. L'ho ascoltato? No. Gli ho almeno dato retta quando ha cercato di dissuadermi da questa cazzata? Assolutamente no. Sono l'idiota che ha detto di dover andare in bagno e l'ha lasciato lì. In realtà, non sono migliore di Striker.

Sì, anch'io sono proprio una stronza.

Forse sono ancora agitata a causa delle parole di Ruby. Forse non riesco a stare così vicina a Ian. Forse Striker ha realmente ferito i miei sentimenti. Forse è un insieme di tutto.

Ma di sicuro rimuginarci sopra non mi toglierà quel maledetto marchio. Spero che questa stupida escursione sulle montagne mi sia effettivamente d'aiuto.

Adesso che sono qua sotto, riesco a intravedere le tracce bianco pallido dei sortilegi che circondano il perimetro di una capanna traballante. Il fumo si alza da un camino storto, filtrando attraverso l'incantesimo di protezione e scomparendo nella notte.

Posso attraversarlo a mia volta, ma alla maggior parte delle streghe non piace che i loro sigilli siano violati in questo modo. Così, mi comporto da persona educata e busso, sfiorando appena l'incantesimo con la mia magia. Devo essere cauta, perché se spezzo la protezione andrà tutto a rotoli.

Non sarebbe la prima volta.

La porta si apre e io sono subito confusa. Quando Ruby ha parlato di una 'vecchia fattucchiera', mi aspettavo una donna anziana piegata dagli anni, forse cieca o bisbetica, o entrambe le cose. Ma quella che mi ritrovo davanti è una signora elegante con i capelli argentati, caldi occhi marroni, un eyeliner da urlo e un grazioso anello con un'enorme acquamarina al centro.

Ho notato l'anello quando si è spostata il ciuffo che le accarezza il mento con un gesto che ricorda i vecchi film hollywoodiani. Un gesto talmente elegante che deve aver richiesto anni di pratica per sembrare così naturale.

"Maxima, tesoro, entra," mi invita con un raffinato accento britannico. "Ho preparato il tè, e i biscotti sono a raffreddare sul tavolo." Mi fa cenno di entrare nella sua casetta.

Dopo tutto quello che ho passato, è difficile non essere diffidente, quando qualcuno che non conosco sa chi sono. Ma mi faccio forza e le sorrido. Dall'esterno, la sua casa sembra una baracca di una sola stanza. All'interno, invece, è più simile a una villa lussuosa. Travi spesse attraversano un soffitto a volta che è impossibile che si trovi sotto il misero tetto di assi.

La magia è veramente incredibile. Dopo quattrocento anni, riesce ancora a sorprendermi.

La fattucchiera mi accompagna verso una poltrona damascata, davanti alla quale c'è un tavolino con due tazze di tè fumanti. Di fronte a me c'è una poltrona identica, su cui si accomoda la padrona di casa. Mi sento rigida e formale finché lei non prende il suo tè, si toglie una delle ballerine e piega una gamba sotto di sé, mettendosi comoda.

"Grazie dell'ospitalità. E scusami per averti disturbata a quest'ora."

"Oh, non è un problema. Ho così poche visite. Considerando il modo in cui tutti sembrano evitarmi, si potrebbe pensare che abbia tendenze cannibali. Che non ho, tra l'altro. Immagino che la gente semplicemente si dimentichi."

Okay.

"Conosci il mio nome, ma io non conosco il tuo. E presumo che chiamarti 'la fattucchiera' sia un po'..."

"Scortese?"

"Già."

"Il mio nome, anche se nessuno me lo chiede da tempo, è Bernadette. Ho avuto diversi nomi, nel corso degli anni. Ho vissuto una vita molto lunga. Ma per quanto riguarda la nostra conversazione, Bernadette andrà bene."

"Piacere di conoscerti." Le rivolgo un piccolo cenno del capo. "Ruby ti ha detto perché sono qui o..."

"Ruby? Quella sciacquetta? No. Io e lei cerchiamo

di mantenere le distanze. Trovo lei e la sua gente particolarmente irritanti." Bernadette agita la mano come per liquidare l'argomento, prima di sorseggiare delicatamente il suo tè.

"Sì, è vero, come chiunque altro. Mi ha mandata da te perché ho bisogno di aiuto. Ha detto che possiedi 'conoscenze che il Consiglio rifiuta di salvaguardare o di condividere'. Ora, io non so nulla di questo sedicente *Consiglio*, ma se hai informazioni che possono aiutarmi, te ne sarei infinitamente grata."

"Per quanto sia contenta che ti abbia mandata da me, dipende: di quali informazioni hai bisogno?"

Non posso fare a meno di sospirare, prima di togliere la garza che copre il mio avambraccio e mostrarle il marchio.

Lo osserva attentamente. "Oh, cielo."

"Già. Ruby ha detto che sai come rimuovere l'effetto di un marchio."

"Beh, certo che so come rimuoverlo. Puoi riuscirci anche tu, *se* lo fai nel modo giusto. Ma il problema non è rimuoverlo, no? Il problema è che non hai gli strumenti giusti. E se non hai gli strumenti per farlo, allora immagino che tu sia fottuta."

"Beh, a quanto pare sono fottuta a prescindere.

Ma mi piacerebbe molto non essere fottuta da questo stronzo in particolare."

Bernadette allunga la mano e mi afferra l'avambraccio, ispezionando le linee e i simboli da dietro un paio di occhiali da lettura tempestati di gemme che ha tirato fuori da chissà dove. Le sue mani hanno la consistenza sottile e incartapecorita di quelle di una nonna, ma sono anche imbevute di una forza tale che so che probabilmente non c'è modo di liberarsi dalla sua presa.

"Un incubo, giusto? Sono dei piccoli parassiti fastidiosi, vero? Oh, tesoro, ti ha fatto vedere la tua morte? È veramente scortese. Nessuno vuole rivivere la propria morte." Osserva le linee da un'estremità all'altra, commentando le informazioni che ricava dal suo esame.

"Ci sono due marchi, se questo può esserti d'aiuto."

"Sì. Fammi vedere."

Sollevando la benda dalla bruciatura le cui condizioni stanno finalmente migliorando, Bernadette inspira bruscamente.

"Non va bene, mia cara Maxima. Devo rallentare il processo di guarigione di queste ustioni. Se guariscono completamente, non sarà possibile interrompere l'effetto del marchio. Ti farà male, bambina mia, ma è l'unico modo per darti un po' di tempo. Preparati."

Non credo di aver compreso quanto sarebbe stato doloroso finché non mi sfiora la carne ferita con i pollici. La pelle si lacera e il sangue sgorga da entrambi i disegni, scorrendo lungo il braccio. Prima che le gocce possano raggiungere il tappeto, però, Bernadette schiocca le dita e una ciotola d'argento appare sotto le mie braccia, raccogliendo il liquido rosso intenso. Pochi secondi dopo, le mie braccia sono nuovamente fasciate con una garza pulita, ma il bruciore non accenna a diminuire.

Onestamente, credo che potrei vomitare. Mi fa talmente male che non riesco neanche a gemere dal dolore.

"Okay, okay. Lo so che fa male. Lo so, tesoro. Respira profondamente." La sua voce calma fluttua attraverso la nebbia di agonia che mi circonda. Riesco a trarre alcuni respiri spezzati, e il dolore diminuisce un po'. Oh, è molto peggio di quando Striker mi ha stritolato il braccio.

"Va bene, bambina, abbiamo meno tempo di quanto pensassi, quindi ora ascolterai quello che ho da dire senza interrompermi. Siamo d'accordo?"

"Ci proverò, a patto che tu non lo rifaccia."

"Mi sta bene. Quello che vuoi fare, rompere un

marchio, ha delle conseguenze. Uccidere un demone non è facile, ma sopravvivere dopo averlo fatto ti rende un bersaglio. In più di un senso. Fidati di me. Devi decidere se è qualcosa con cui puoi convivere. Conosco la tua ascendenza, cara. La storia della tua famiglia è costellata di problemi. Tu stessa sei stata vittima della crudele mano del Fato. Potresti non riuscire a riprenderti."

"Capisco."

"No, tesoro, non credo che tu capisca, ma ho detto quello che dovevo. Ora, hai bisogno di restare nascosta. Posso aiutarti. Lo vedi questo anello?" Mi porge la mano destra, mostrandomi l'enorme acquamarina che copre quasi tutta la superficie tra la base del dito e la prima nocca. La pietra ovale, azzurro pallido, brilla dalla massiccia montatura geometrica. Linee, punti e sigilli decorano la spessa montatura in metallo e l'ampia fascia.

In passato ho visto qualcosa di simile, eppure molto diverso. Era un po' più grande, un bracciale, che nascondeva una donna tormentata e le rubava la mente. Ma non è Bernadette la donna che ricordo.

"Questo anello mi ha tenuta nascosta, sia dai demoni che dagli angeli, per più di cinquecento anni. Voglio che tu lo prenda." Lo sfila e me lo posa nel palmo.

"Non posso accettare. Non ne hai bisogno?" Cerco di ridarglielo. Okay, sarebbe fantastico averlo, ma... non voglio togliere qualcosa a una donna che è stata così gentile con me.

"Penso sia giunto il momento di abbandonare la mia vita solitaria, non credi?" Prende l'anello, mi afferra la mano destra e mi infila il metallo ancora tiepido sul medio. "Hai bisogno del sangue di un membro della sua stirpe, del coltello d'osso che ho prestato a tua madre nel 1627 – che tra l'altro non mi ha mai restituito – e dell'incantesimo che le ho dato. Non mi è permesso ricreare l'incantesimo per qualcun altro, ma può essere tramandato, se sarà disposta a separarsene."

"Vuoi che vada a parlare con mia madre? *Mia madre*? Vuoi che vada a chiedere un favore alla donna che mi ha bandita dalla mia congrega e mi ha resa una maledetta Rinnegata dopo che sono stata bruciata sul rogo?"

Con una smorfia, Bernadette annuisce.

Fantastico.

16

MAX

TROVARE MIA MADRE NON È MAI STATO UN problema. So sempre dov'è. Di solito, uso la sua posizione nel Paese, o addirittura sul pianeta, come punto di riferimento per individuare il luogo esatto in cui non voglio trovarmi. Ci siamo incrociate una decina di volte al massimo negli ultimi quattrocento anni, e ogni volta ci ho rimesso qualcosa. Eppure, in qualche modo trovo conforto in quel piccolo faro dentro di me. Nonostante il modo in cui mi ha trattata, mi piace sapere che mia madre è viva da qualche parte. Anche se vorrei prenderla a sberle.

È probabile che, prima o poi, questo atteggiamento mi si ritorcerà contro.

Indosso un paio di T-strap nere e crema, con il tacco alto, che sollevano piccoli sbuffi di polvere mentre percorro il vialetto che conduce a casa di mia madre. Per qualche motivo, dopo aver parlato con Bernadette, ho sentito il bisogno di indossare la mia armatura per affrontare la donna che mi ha messa al mondo. Vestita con un abito aderente a pois bianchi e neri, mi sento un po' più me stessa. Sono quasi completamente coperta, dal collo alle ginocchia, tranne che per le delicate maniche ad aletta e la scollatura quadrata, ma sono abbastanza sicura che avrà qualcosa da ridire. Probabilmente anche i tatuaggi, i capelli blu e il mio atteggiamento disinvolto saranno un problema.

Sono troppo sobria per affrontarla.

Se avessi potuto, mi sarei portata dietro una fiaschetta e mi sarei ubriacata ancor prima di mettere piede in Idaho. Purtroppo, Teresa Alcado ha il naso di un segugio ed è più giudicante della moglie di un predicatore battista. Potrei indossare solo dei copricapezzoli e un perizoma, oppure un abito da suora, e mia madre probabilmente mi guarderebbe allo stesso modo.

Risalire il vialetto della casa di mia madre a Coeur d'Alene alle sei del mattino non mi farà guadagnare la sua benevolenza, ma non riesco a resistere alla tentazione di vedere i suoi addetti alla sicurezza andare fuori di testa mentre attraverso i sigilli di protezione.

Mia madre eccelle in molte cose, ma creare incantesimi immuni dai familiari non è una di queste. Sembra dimenticare che, nonostante il mio status di Rinnegata, condividiamo comunque lo stesso sangue.

Non riesco ad arrivare al portico che ha già aperto la porta di casa, avvolta in una vestaglia indossata sopra al pigiama. La sua pelle bronzea è perfetta come la ricordavo, i suoi occhi color cioccolato fondente sotto le sopracciglia altrettanto scure ed espressive sono messi in risalto da una chioma corvina raccolta in uno chignon disordinato. Una di quelle sopracciglia espressive si inarca, e mi sento come se avessi dieci anni.

Ecco, è arrivato il momento che determina come andranno le cose. Potrebbe allontanarmi dalla sua proprietà, e ciò sarebbe un problema per i suoi addetti alla sicurezza, o lasciarmi entrare. Ora come ora preferirei quasi essere cacciata via, solo per sottrarmi al suo sguardo indagatore.

La vedo riflettere mentre mi osserva, prima di posare gli occhi sulle bende che mi coprono gli avambracci. Sapevo che avrei dovuto indossare una giacca.

Il silenzio si protrae a lungo, poi emette un sospiro rassegnato e solleva di nuovo un sopracciglio. "Hai fatto colazione?" È come se si aspettasse che le mentissi, o qualcosa del genere.

"No."

"Beh, entra." Si allontana dalla porta e la sicurezza sembra subito rilassarsi.

Le lancio un'occhiata mentre varco la soglia. "Non permettere che battano la fiacca. Devono restare all'erta. Ho dei nemici alle calcagna, altrimenti non sarei qui a disturbarti."

La supero, diretta verso quella che penso sia la cucina, per aspettarla lì. Mi siedo su uno sgabello al bancone di una bellissima isola in marmo e resisto alla tentazione di andare a cercare una tazza di caffè o una bottiglia di bourbon.

Mia madre mi raggiunge dopo qualche minuto. "Grazie per avermi avvisata."

"Figurati."

"Vuoi un caffè?" Annuisco. Sì, ho proprio bisogno di caffeina. "Come lo prendi?"

"Nero va bene, grazie." Versa il liquido scuro in una tazza di un bel turchese brillante e me la porge. Riesco a bere un solo sorso rinvigorente, prima che inizi con le domande.

"Perché sei qui, Maxima?" Ecco perché detesto il mio nome: mia madre lo pronuncia come se fosse un'accusa. Come se la mia stessa esistenza fosse un inconveniente.

Beh, probabilmente per lei è così.

Devo decidere se dirle tutto o meno. Se non lo faccio, cercherà di scoprirlo da sola. Se lo faccio, potrà usarlo contro di me.

In mancanza di opzioni migliori, scelgo la seconda.

"Qualche giorno fa, una donna incinta è entrata nel mio studio di tatuaggi con il suo ragazzo. Il mio socio, Striker, ha intuito che era in pericolo e abbiamo deciso di aiutarla. Mentre cercavamo di metterla al sicuro, abbiamo scoperto che il tizio era un incubo. Fino a tre giorni fa, non sapevo nemmeno dell'esistenza degli incubi, quindi non ero preparata ad affrontare una situazione del genere. Nel tentativo di salvare lei e Striker, sono stata marchiata. Dal momento che non ho nessuna intenzione di diventare il giocattolo di un incubo, sono qui per chiederti aiuto: mi servono il coltello d'osso e l'incantesimo che Bernadette ti ha dato per uccidere i demoni."

Mentre termino il mio riassunto, il colorito di mia madre è passato dal bronzo a un pallore malsano. Non è un buon segno.

"Inoltre, mi piacerebbe sapere perché è stato Caim a informarmi che sono una mezza demone e non tu. Certo, l'importante è che tu mi dia l'incantesimo e il coltello, l'informazione è più che altro una richiesta aggiuntiva."

"Cosa... Perché Bernadette non ti ha dato direttamente l'incantesimo?" Ignora completamente la mia richiesta di informazioni. Okay, le avevo detto che poteva ignorarla, ma in un certo senso speravo che non lo facesse.

"Ha detto che non poteva ricrearlo, ma che tu puoi passarlo a un familiare. Visto che il mio status di Rinnegata non elimina i nostri legami di sangue, eccomi qua. Inoltre, ho bisogno del coltello."

"E vuoi che ti dia l'unico incantesimo della storia in grado di uccidere un demone?"

"Beh, o mi aiuti o divento il giocattolo di un demone. E ho visto come tratta i suoi giocattoli, madre. Li sventra. Dato che non posso morire, significherebbe essere torturata all'infinito. E questo se sono fortunata. Penso che il fatto di essere venuta qui, pur sapendo come sarei stata accolta, sia una prova sufficiente di quanto sia disperata la mia situazione. Facciamo così: se questa volta dovessi morire davvero, inserirò una clausola nel mio testamento affinché tu li riabbia entrambi. Contenta?"

"Neanche lontanamente." Incrocia le braccia sul petto. "E Caim cosa c'entra in tutto questo?"

Oh, ora sono proprio nei guai.

"Il mio amico Ian lo conosce per motivi di lavoro e mi ha suggerito di chiedere il suo aiuto. A quanto pare, l'incubo gestisce un giro di contrabbando clandestino dal locale di Caim, e Caim è incazzatissimo. Immagino di non essere l'unica persona a cercare questo tizio, ma sono l'unica ad avere i mezzi per ucciderlo. Caim probabilmente non lo farà, a causa dell'Armistizio, e se non ammazzo Micah prima che le ferite guariscano, sono fregata."

"Oppure Caim ti sta facendo fare il lavoro sporco al posto suo. Mi chiedo cosa ci guadagni."

"Non sono un'ingenua, mamma. So che probabilmente Caim sta cercando vendetta e mi sta usando per ottenerla. Il vantaggio è che non sarò schiava di uno psicopatico. La considererei una vittoria."

"Interessante."

"Inoltre, Caim ha detto che avrebbe cercato di revocare il mio status di Rinnegata. Penso che sarà una collaborazione molto vantaggiosa, nonostante i rischi."

A quella frase, socchiude gli occhi in un'espressione diffidente. Ecco, ci risiamo. Mia madre ha molti difetti. E la sete di potere è in cima alla lista. La spietatezza è al secondo posto. Ha lottato con le unghie e con i denti per arrivare dov'è ora e, nonostante il nostro rapporto non sia dei migliori, non voglio mettere a repentaglio ciò che ha ottenuto.

"Non voglio la tua congrega, madre. So di essere

potente, ma far parte di una congrega non avrebbe mai funzionato per me. Sono troppo diversa. Lo sappiamo entrambe. Spavento la gente, e non posso vivere con persone che mi temono. Voglio solo avere la possibilità di non essere sola. Di avere accesso a tutto ciò che mi è stato negato da quando mi hanno appiccicato addosso un'etichetta da bambina."

"Ci hai messi in pericolo!"

Sono talmente arrabbiata che gli armadietti iniziano a tremare. Se non mi do una calmata, il vetro andrà in frantumi tra tre... due... uno...

Riesco a trattenermi prima che esploda tutto, ma non prima che ogni singolo vetro sia decorato da una ragnatela di crepe. Non posso dire di esserne dispiaciuta.

"Hai creato un incantesimo protettivo che teneva alla larga chiunque non fosse una strega e poi ti sei domandata perché per me fosse un peso, nonostante tu sapessi che sono per metà demone. Poi un demone mi ha usata per rimuovere la protezione e liberarsi dalla trappola in cui era finito. Degli uomini mi hanno vista, mi hanno strappato i vestiti di dosso e mi hanno bruciata viva, e tu cos'hai fatto? Mi hai bandita dall'unica famiglia che abbia mai conosciuto e mi hai voltato le spalle. E anche prima di allora..." Mi interrompo, e mi serve un istante per ritrovare la voce.

"Ti sei rifiutata di insegnarmi qualsiasi cosa sull'essere una strega, di conseguenza non sapevo come proteggermi. Non mi hai mai insegnato nemmeno gli incantesimi più semplici. Tutto quello che so oggi l'ho imparato da sola, e continuo a commettere errori perché ignoro le basi fondamentali che ogni altra strega conosce. Hai trascurato me e le tue responsabilità di madre. Non mi hai protetta, o se l'hai fatto, non è stato nel modo in cui avresti dovuto."

Non voglio rivangare il passato, ma il solo pensiero che creda che voglia sottrarle la sua preziosa posizione mi fa incazzare. E non sopporto che mi incolpi per la mia prima morte.

"Davvero? Non ti ho protetta? Okay. Quindi non ti ho tenuta alla larga da tuo padre? Non ti ho nascosta sotto una protezione dopo l'altra affinché non potesse trovarti? Non ti ho impedito di usare la magia in modo che il tuo potere non crescesse e lui non fosse attratto da te? Non ho sospeso la tua condanna con la congrega per evitare che cercassero di ucciderti? No, certo. Non ti ho protetta affatto, eh?"

Adesso me lo dice. Sarebbe stato bello avere queste informazioni quattro secoli fa.

"Se mi avessi detto tutto questo, le nostre vite sarebbero state diverse. Come potevo sapere che mi stavi realmente proteggendo? Non mi guardavi nemmeno. Mi dicevi di stare seduta e zitta, e di non fare domande. Come potevo sapere del pericolo? Mi hai tenuta all'oscuro, facendomi vivere isolata e senza amore. Perché mi hai messa al mondo? Perché mi hai tenuta con te? Anche adesso fai fatica a guardarmi."

È vero. I suoi occhi color cioccolato fondente sono puntati sulla mia fronte, non sul viso.

"Gli assomigli, okay? Assomigli ad Andras." La sua voce si spezza. Scuote il capo, poi continua: "Non mi ha mai amata. Mi ha sedotta e mi ha usata per fabbricare quel coltello per lui. Quando sono rimasta incinta di te, pensavo che saremmo stati una famiglia, ma lui è partito alla ricerca del demone che doveva uccidere. Ti ho avuta prima che tornasse, ed ero elettrizzata all'idea di presentarti a lui. Ma quando è tornato, non era più l'Andras che conoscevo. Era freddo e crudele, e ha usato il suo potere su di me per farmi nascondere il coltello. Così ho fatto: ho preso la lama, ho preso te e siamo salpati alla volta del Nuovo Mondo per nasconderci."

"Ti ha spezzato il cuore." Mia madre annuisce. "Ti ha spezzato il cuore, e tu ti sei vendicata su di me."

"Sì." Si asciuga le lacrime con il dorso della mano. "Ti darò il coltello e l'incantesimo, a condizione che non tenti mai di sovvertire la mia posizione in questa o in qualsiasi altra congrega."

"Va bene."

"Allora siamo d'accordo. Ma ti consiglio di fare attenzione alle persone di cui ti circondi. Caim ha difficoltà a mantenere le promesse. Fidati, so di cosa parlo."

Ora mi domando cosa diavolo abbia promesso Caim a mia madre.

17

MAX

Dare la caccia a Striker in una città delle dimensioni di Denver non è piacevole. Non dormo da tre giorni, per la precisione da quando sono svenuta per la perdita di sangue. Sì, non sprizzo gioia da tutti i pori. Insomma: se non trovo Striker in questo bar, darò di matto.

Valuto tra me e me le conseguenze di un eventuale scatto d'ira mentre esamino la facciata del piccolo e squallido bar in cui sto per entrare. Non fraintendetemi, adoro i bar piccoli e squallidi, ma questo sarà il trentesimo che ho perlustrato nelle ultime sedici ore, e sto iniziando a innervosirmi.

Non avrei mai dovuto dargli quell'amuleto schermante negli anni Sessanta. Lo sapevo che prima o poi me ne sarei pentita.

Una parte di me preferirebbe procedere da sola. Ho praticamente tutto quello che mi serve per uccidere Micah – tranne il suo sangue, ovviamente – ma coinvolgere Striker potrebbe aiutarlo a riprendersi.

O almeno spero.

Non mi piace essere arrabbiata con il mio migliore amico, ma in questo momento vorrei ucciderlo. Ho fatto tutto il possibile per trovarlo, ma dopo il terzo tentativo con una sfera di cristallo, dopo il decimo tentativo con un incantesimo di tracciamento e dopo aver sfondato la porta di casa sua a calci, ho capito che Striker *non voleva* essere trovato. L'unica opzione rimasta era andare da un locale all'altro per stanare il suo culo capriccioso.

È fortunato che queste belle scarpe siano comode, altrimenti la prossima volta che lo vedo gli darò un calcio nelle palle. Diavolo, potrei farlo comunque.

Apro la porta mettendoci un po' di olio di gomito, visto che i cardini potrebbero essere stati forgiati lo stesso anno in cui sono nata, e mi infilo dentro. All'interno, c'è odore di birra stantia, vecchio fumo di sigaretta – anche se a nessuno è permesso fumare in un bar da oltre un decennio, e sapone all'arancia. Il locale è praticamente vuoto, a parte un barista dall'aria stanca, una coppia di uomini ubriachi che giocano una patetica partita a biliardo e un vecchio in un angolo che fissa un bicchiere di liquore ambrato. E Striker.

È seduto al bancone. Si sta reggendo la testa bionda con una mano, mentre con il dito dell'altra disegna delle linee sulla condensa del ripiano. Ha un bicchiere di scotch davanti a sé, e la bottiglia è poco distante. Se dovessi azzardare un'ipotesi, direi che è completamente sbronzo.

Fantastico.

Ho appena iniziato la mia sofferta camminata per recuperare Striker, quando i due tizi al tavolo da biliardo si accorgono della mia presenza. So di essere bella, non è che non me ne sia mai accorta. Ma sono anche una convinta sostenitrice del 'guardare e non toccare', un adagio che questi signori non hanno mai imparato o che hanno scelto di ignorare, considerando che si sono messi sulla mia strada.

Devono avere una trentina d'anni, ma la vita dura e il troppo alcol li hanno invecchiati notevolmente, sottraendo loro il probabile bell'aspetto di un tempo. Uno ha i capelli biondi, l'altro scuri. Le fedi nuziali brillano nella luce fioca.

Povere mogli.

Ho molto rispetto per gli esseri umani. Tendono a essere più consapevoli di ciò che li circonda, rispetto alle altre specie, e la maggior parte delle volte provano un brivido lungo la schiena quando incrociano il cammino di un Etereo. Sanno che devono stare alla larga da noi.

Questi due imbecilli, però, fanno eccezione.

"Oggi non è giornata, signori," li avverto. Non sono dell'umore giusto per aver a che fare con loro.

Il biondo si limita a sorridermi. Un sorrisetto che mi fa incazzare al punto che schiocco le dita prima ancora di rendermene conto. Un attimo dopo sembra scivolare sul niente, cadendo e sbattendo la faccia sul tavolo da biliardo lungo il tragitto verso il pavimento.

Non lo degno di uno sguardo, dedicandomi invece a quello che mi sbarra la strada. Inarco un sopracciglio in segno di sfida. La sua espressione ricorda quella di un bambino terrorizzato, così gli rivolgo un dolce sorriso.

"Come dicevo, oggi non è giornata. Spostati. O ti sposto io."

Si affretta a obbedire, senza nemmeno chinarsi ad aiutare l'amico che si stringe il naso, con il sangue che gli cola tra le dita. Quello con i capelli scuri ha almeno un po' di cervello, devo dargliene atto. Scavalco l'uomo che geme e mi dirigo verso il mio amico ubriaco.

Striker impiega un minuto abbondante per accorgersi della mia presenza, e altri trenta secondi circa per rivolgermi uno sguardo stanco.

"Beh, sei proprio un triste sacco di merda."

"Non riesco a trovarla, Max." Le parole gli escono strascicate. "L'ho cercata ovunque, ho usato i miei poteri e tutto…" Scrolla le spalle e beve un sorso di scotch. "Se n'è andata e basta. Mi manca, Max. È stata la prima ragazza con cui ho pensato di poter avere qualcosa, sai? Ho visto lei e la sua pancia incinta e mi sono reso conto di desiderarlo. Volevo una famiglia tutta mia."

"Allora intendi rinunciare? Va bene. Mi libererò di questo incantesimo che rende un coltello adatto ad ammazzare i demoni e annegheremo i nostri dispiaceri. Tu, il tuo amore perduto. E io berrò perché non appena questo marchio guarirà, sarò il giocattolo di un demone. Insomma, ho quasi tutto per sconfiggere quello stronzo, ma certo, arrendiamoci proprio adesso."

Striker mi fissa e sbatte le palpebre. Le mie parole devono aver fatto breccia, perché sbatte di nuovo le palpebre e il suo sguardo passa da spento ad acuto.

"Cos'hai detto?" Ha persino smesso di biascicare.

"Non lo so, devo essermelo dimenticato quando mi sono messa a cercare il tuo stupido culo per sedici ore dopo che mi hai abbandonata da Caim. E sono dovuta andare a parlare con mia madre *da sola.* Stronzo." Sottolineo ogni accusa conficcandogli un'unghia smaltata nel petto.

"Max, non scherzare su questo argomento. Che cosa hai detto?" chiede, provando ad alzarsi e rovesciando lo sgabello nel tentativo. Non sembra minaccioso quanto vorrebbe. Soprattutto perché è costretto ad aggrapparsi al bancone per restare in piedi.

"Non ho intenzione di parlarne qui. Se hai finito di bere, possiamo andarcene. Decidi tu." Incrocio le braccia sul petto e lo fulmino con lo sguardo. Non posso credere di aver dovuto dargli la caccia. Non posso credere di aver dovuto fare tutto il lavoro di gambe. Non posso credere che mi abbia abbandonata da Caim.

Cosa sono, la sua fottuta mamma?

"Sì, ho finito."

"Ti conviene. Andiamo."

"MI STAI DICENDO CHE HAI ATTRAVERSATO LE protezioni di Teresa, hai risolto qualche dramma familiare secolare e lei ti ha consegnato il coltello e l'incantesimo? Stiamo parlando di tua madre, giusto? La stessa che ti ha resa una Rinnegata?" Striker mi rivolge l'alzata di sopracciglio più scettica che riesca ad abbozzare, mentre si siede avvolto nel suo telo da bagno di spugna.

Dopo il bar, siamo tornati nell'appartamento sopra lo studio per discutere di tutto quanto. Visto che Striker non è particolarmente minuto, l'alcol e una lunga camminata non sarebbero stati un'opzione, soprattutto perché non sarei riuscita a portarlo sulle spalle. E poi, qui ho abbastanza ingredienti per qualsiasi incantesimo. Inoltre, non mi sentivo sicura a tornare a casa mia. Adesso che si è fatto la doccia, ha un aspetto più sobrio. Ma mi fido della sua sobrietà quanto lui si fida di mia madre, cioè per nulla.

"Mi ha fatto promettere di non cercare di rubarle la carica." Alzo le spalle in un gesto indifferente. Ma non riesco a guardarlo negli occhi, e questo è indubbiamente un segnale d'allarme.

"Sì, certo. Non ti ha fatto fare un incantesimo vincolante o qualcosa del genere? Pensi davvero che ti creda sulla parola? Ne dubito fortemente."

"Pensi che mi tradirebbe così?" gli domando sinceramente. Sono davvero un'idiota a fidarmi di mia madre?

"Sì. Sì, assolutamente. Mi fido di Teresa Alcado

quanto mi fido di Caim o Ruby. Conosco Caim da oltre un secolo, e questa è la prima volta che sento parlare del fatto che sono mezzo angelo. Ian lo sapeva da prima di me, e ciò significa che non era chissà quale segreto."

"Almeno questo spiega perché nessuna delle mie cure per le sbornie abbiano mai funzionato con te. Le stavo calibrando sulla specie sbagliata. Ora smettila di temporeggiare e bevi. Ho bisogno che tu sia sobrio per elaborare un piano."

"Non voglio. Puzza di piedi ammuffiti." Mette il broncio e fissa il bicchiere, che contiene una pozione violacea, con un'espressione preoccupata. Sono d'accordo con lui sull'odore, ma è colpa sua se è ancora sbronzo.

"Tappati il naso. Avanti!"

Striker aggrotta la fronte, si tappa il naso e svuota il bicchiere in un'unica sorsata. Per un attimo il suo volto assume un colorito verdastro, poi corre verso il bagno. I conati di vomito risuonano fino a qui.

Qualche minuto dopo, Striker esce barcollando dal bagno, tutto sudato e cinereo. "Mi hai avvelenato?" Si accascia sulla poltrona con un gemito, coprendosi la faccia con una mano.

"No, ma avevi bisogno di eliminare l'alcol dal tuo organismo. La pozione si occuperà di ciò che non è nello stomaco. L'effetto dovrebbe durare una trentina di minuti. Credo. Non sono molto sicura con gli angeli. Non dovreste avere almeno la capacità di autoguarigione o qualche altra roba figa?"

Striker mi scruta attraverso la fessura tra le dita, prima di abbassare la mano. "Forse ho qualche asso nella manica di cui non ti ho parlato. Mi sento in colpa per averti nascosto delle cose, ma..." Si interrompe con un'alzata di spalle. "Sapevo che era strano e non mi sento a mio agio con quei poteri, capisci?"

Mi costringo a rivolgergli un sorriso rassicurante, ma la sua confessione mi ferisce. Per Striker sono sempre stata un libro aperto.

"Sì, lo capisco."

"No, non è vero. Ho ferito i tuoi sentimenti."

"Posso capire il tuo punto di vista ed essere comunque ferita dal fatto che non ti sei confidato con me. Si tratta di considerare entrambe le prospettive. Ora vai a vestirti, lavati i denti e cominciamo."

"Che prepotente," borbotta. Ma il mezzo sorriso che mi scocca rivela che mi vuole ancora bene. Ci mancherebbe altro: è l'unica persona che andrei a cercare in tutte le bettole di Denver.

"Stronzo testardo."

Sorride sul serio e si alza in piedi, dirigendosi poi verso la stanza degli ospiti dove tengo alcuni vestiti per lui. Faccio comparire uno spazzolino schioccando le dita e lo sento ringraziarmi attraverso le pareti sottili.

Odio che Striker mi abbia taciuto alcune cose. Odio sapere che probabilmente non posso fidarmi di mia madre. Detesto il fatto che Caim e Ruby siano tutt'altro che onesti. Ma soprattutto voglio che tutto questo funzioni. Voglio uccidere Micah. Voglio che Melody e il suo bambino siano al sicuro.

Beh, a prescindere da ciò che voglio, ottenerlo sarà tutto un altro paio di maniche.

18

MAX

"Ripassiamo un'altra volta il piano." Striker mi sfila la fiala di sale dalle dita.

"Stai scherzando? Lo abbiamo ripetuto almeno dieci volte." Mi riapproprio della fiala e la chiudo con il tappo.

È una bugia: lo abbiamo ripetuto più di venti volte, ma le prime dieci Striker era ancora un po' sbronzo, quindi non contano.

Si passa la mano tra i capelli, fa una smorfia e implora: "L'ultima, giuro."

"Va bene. Quale fase non ti è chiara?" Oh, sì, sono in piena modalità stronza incazzata, con le mani sui fianchi e tutto il resto.

Striker arriccia le labbra, lanciandomi un'occhiata che detesto. Ha le palpebre socchiuse e un'espressione irritante. "Quella in cui ce ne andiamo senza ucciderlo subito. Non mi è chiara per nulla."

Per l'amor del Fato. Se non avessi bisogno di lui, lo lascerei qui. "Il piano prevede che prendiamo il suo sangue, scagliamo l'incantesimo e *poi* lo ammazziamo. O vuoi che mi faccia fuori prima che riesca anche solo a pronunciare la formula?"

"No," brontola.

"Sembri combattuto su questo punto. Ne sei sicuro? Perché non è che possa preparare tutto davanti a lui. Ciò significa che dobbiamo prendere il sangue e Melody e poi sparire. Terminato l'incantesimo, lo uccidiamo, okay?"

"Va bene."

"Striker!"

"Ho detto che va bene!"

Certo. Con quel tono petulante poi... Mi ha provocato un tic all'occhio, ne sono sicura. Sento la palpebra che si muove. Mi ha fatto incazzare talmente tanto che delle parti a caso del mio corpo si contorcono di loro spontanea volontà.

"Tieni presente che uccidendo Micah daresti inizio a una guerra. Non ho letto i termini di questo *Armistizio*, ma c'è troppa gente che se ne lamenta. Di sicuro finiremmo nei guai. A prescindere da quello che accadrà, non lo puoi uccidere. Andiamo, prendiamo Melody e il sangue e ce ne andiamo. Non rovinare tutto solo per vendicarti, Striker."

"Non lo farò!" Sembra sincero. Ma per la prima volta da quando lo conosco, mi domando se possa effettivamente fidarmi del mio più vecchio amico.

Lo osservo per qualche istante, cercando di capire se sia effettivamente in grado di aiutarmi. Potrei rivolgermi a Ian. Anzi, dovrei. Ma è probabile che mi chiuda la porta in faccia, dopo che l'ho abbandonato al locale. E ne avrebbe tutte le ragioni.

"Impara a essere paziente nei prossimi trenta secondi, o non ti porterò con me, hai capito?"

"Va bene. Come vuoi. Sono un modello di virtù. Sappiamo entrambi che a Melody non resta molto tempo, quindi dacci un taglio. È vero che voglio ucciderlo, ma non lo farò, perché è probabile che ci rimettiate entrambe. Contenta?"

"Immensamente." Provo a trattenere un po' il mio tono sprezzante. È preoccupato che il piano possa non funzionare. E, se devo essere sincera, lo sono anch'io.

Disegno il cerchio con il sale, mormorando un incantesimo di localizzazione in latino. L'ho modificato leggermente per poterlo usare per i miei scopi. La magia dei marchi impressi sui miei avambracci ha un suo potere, tutto ciò che devo fare è sfruttarlo per risalire a Micah. È una traccia abbastanza facile da seguire. Afferro la mano di Striker e lo trascino con me, trasportandoci a destinazione in un lampo di luce verde.

Non appena i nostri piedi toccano il terreno umido di rugiada, capisco che qualcosa non va. Non ho idea di dove ci troviamo, ma sono certa che i miei piani sono già andati in fumo.

Caim ha detto che i demoni non sono intrinsecamente malvagi, ma fatico a crederci.

Io e Striker ci troviamo ai margini di un'autostrada a due corsie. Alle nostre spalle c'è una fitta foresta, ma non è questo a turbarmi. Il problema deriva da ciò che si trova davanti a noi. Oltre l'autostrada, c'è una grande casa a due piani con un portico avvolgente. Su quel portico c'è una donna seduta su una sedia a dondolo.

I capelli biondi, lunghi fino alle spalle, sono tagliati in un long bob raffinato, e indossa una maglietta aderente altrettanto stilosa e jeans attillati; è probabile che sia la proprietaria della struttura, che sembra essere un bed and breakfast. Dà l'impressione di essere una brava persona. Forse vendeva torte per beneficenza. Magari gestiva anche un carpooling o era a capo di un gruppo di Girl Scout o qualcosa del genere.

È chiaro che ormai quei giorni sono finiti, perché anche da qui è possibile vedere che le hanno tagliato la gola. No, 'tagliata' non è il termine giusto, perché implicherebbe l'uso di una qualche forma di lama, mentre è più che probabile che siano stati degli artigli a strapparle la carne.

"Cazzo. Cazzo!"

Non posso evitare di annuire alle esclamazioni di Striker.

"Okay, nuovo piano. Prendiamo Melody e ce ne andiamo. Fanculo il sangue, l'incantesimo e il coltello." Non so perché sto sussurrando, ma lo faccio comunque.

Non è che questo sia il mio primo cadavere, e nemmeno il ventesimo, ma cazzo, tutta questa situazione è molto meno favorevole di quanto sperassi. Ho pensato che avrei potuto sedurre il tizio che voleva farsi un giretto nelle mie mutande, e poi, sorpresa! *Bing*, *bam*, *boom*, rubo un po' di sangue, Striker prende Melody, e *voilà*, abbiamo finito.

L'omicidio della proprietaria di un bed and breakfast non faceva parte del piano.

"Sono d'accordo."

Attraversiamo la strada e il cortile in un silenzio di tomba, e mi sembra una delle camminate più lunghe che abbia mai affrontato. Non sono mai stata così felice in vita mia di indossare scarpe basse quanto lo sono in questo momento. Una parte di me sa che Micah si trova in quella casa, sa che ha ucciso quella donna, ma l'unico lato positivo è la quasi certezza che sia solo. Tuttavia, so anche che prima o poi dovrò mettermi a correre.

Striker mi precede, salendo per primo le scale del portico fino alla porta d'ingresso. La povera donna, che sia la proprietaria o una cliente, è morta da almeno qualche ora, a giudicare dalla quantità di sangue rappreso sotto la sedia a dondolo. Al centro della pozza più grande c'è un mazzo di chiavi che prego di non dover usare.

Striker estrae un pugnale dalla tasca interna della giacca e gira la maniglia. Con un colpo di fortuna, troviamo la porta aperta e ci infiliamo dentro il più silenziosamente possibile. Ma la casa, per quanto bella, deve avere almeno ottant'anni. Il mio piede finisce su un'asse allentata, provocando un cigolio che risuona come un colpo di pistola nella quiete dell'edificio.

Ma poi lo scricchiolio delle mie Vans sul legno o la porta che si chiude con un tonfo non importano più. Perché c'è un bambino che piange. Un neonato, a giudicare dal tono. Non riesco a impedire a Striker di seguire il pianto su per le scale, né lungo il corridoio.

Non voglio andare con lui, ma lo faccio comunque. E man mano che ci avviciniamo alla fonte del suono, la voragine che ho alla bocca dello stomaco diventa sempre più grande. Ho visto troppe persone morte per mano di Micah per illudermi che possa andare a finire bene. Sono a meno di mezzo metro da Striker, ma quando si blocca sulla soglia della stanza più lontana, vorrei averlo protetto meglio.

Vorrei essere andata da sola.

Perché emette un urlo di dolore che mi fa venire le lacrime agli occhi prima ancora di capire cosa stia succedendo. Lo allontano, spingendolo via dalla porta, in modo da mettermi tra lui e qualsiasi cosa gli abbia strappato quel grido.

Ma nessuno dovrebbe vedere ciò che vedo.

Micah è lì, con in braccio il figlio avvolto in un asciugamano insanguinato, ma non è questo che mi fa mancare l'aria. No, è lo scempio che ha fatto del corpo di Melody. La ragazza non ha partorito naturalmente, o se ci ha provato, non è così che è andata a finire. Come dimostrato dal suo ventre, che sembra un'enorme bocca spalancata in un grido. Micah le ha strappato il bambino dal grembo e, a quanto pare, l'avrebbe lasciata lì a morire dissanguata.

Prendo una decisione – probabilmente quella sbagliata, ma in questo momento non posso permettermi il lusso di prendere una decisione ponderata – e corro da Melody. Beh, almeno ci provo. I miei piedi si bloccano dopo aver compiuto tre passi all'interno della stanza, incollati al pavimento da qualsiasi controllo magico Micah abbia su di me.

Si avvicina e io vorrei strappargli il bambino dalle braccia. Non ha diritto a quel bambino. Non merita quell'innocenza, quella gioia che ha rubato a Melody. Non la merita.

Gli occhi di Micah lampeggiano di rosso, la sua bocca si torce in un sorrisetto da ragazzino.

"Tornerò a prenderti, Maxima," mi provoca. "E forse, quando avrò finito con te, sarai in condizioni migliori di lei." Poi fa scorrere un dito lungo la mia tempia e la mascella, tagliando la pelle sotto il mento con l'artiglio che gli si è appena formato. E si avvicina, annusandomi la pelle del collo.

"Sì. Sarà bello giocare con te," mi sussurra all'orecchio, confermando le mie peggiori paure. Il marchio è reale, il legame che mi rende quasi impossibile muovermi è reale. Ruby non se l'è inventato e Bernadette non ha mentito.

Non riesco a parlare, pietrificata dall'orrore di ogni singola atrocità commessa in questo luogo, mentre Micah sparisce in una nuvola di fumo, lasciandosi dietro la puzza di sangue e zolfo. Non appena se n'è andato, il mio corpo si rilassa per mezzo secondo, ma subito dopo mi strappo di dosso la felpa e la premo sulla pancia di Melody.

"I... il mio... bambino. Ha... ha p... preso... il mio... bambino," balbetta Melody. Il suo corpo è scosso dai brividi causati dalla perdita di sangue. La sua linfa vitale impregna il top premaman, i leggings strappati, le lenzuola.

"Lo troveremo, piccola." Striker compare al mio fianco e tenta di calmarla. Ma non so cosa fare. Non so se posso fare qualcosa.

"P... prometti che lo... che lo troverai. P... prometti che... che lo porterai al... al sicuro."

"Te lo prometto, Mel. Te lo giuro." Si volta verso di me con gli occhi spalancati dal terrore. "Portaci via da qui, Max, adesso!"

Le sue parole mi strappano dalla nebbia di adrenalina e paura. Afferro la mano a entrambi e, con tutta la forza che ho in corpo, ci conduco nell'unico luogo dove so che verremo aiutati. E un attimo dopo atterriamo nel soggiorno di Ian, scioccando sia lui che Aidan, che restano a bocca aperta con i controller tra le dita.

In un batter d'occhio, Ian si mette al lavoro e spedisce Aidan a recuperare del sangue nel vicino ospedale. Fa tutto il possibile per Melody.

Ma ripensandoci, non avrei dovuto portarla lì.

Avrei dovuto concedere a lei e Striker un ultimo momento in pace.

Avrei dovuto lasciare che lui le dicesse addio. Perché so che Ian non potrà salvarla.

Nessuno potrà.

19

STRIKER

C'È STATO UN PERIODO DELLA MIA VITA IN CUI credevo che non avrei mai potuto resistere nel mondo degli umani. Le loro emozioni erano troppo intense per una persona che le sentiva tutte. Il tempo è ciò che rendeva quelle emozioni così tangibili, ma il tempo stesso è sempre stato uno scherzo per me. So che vivrò un numero infinito di anni, probabilmente perdendomi nel loro scorrere.

Melody è stata un raggio di sole nei giorni monotoni e squallidi in cui fingevo di essere felice, perché era più facile fingere che rispondere alle domande. Era una persona a cui potevo rivolgermi, una persona di cui potevo prendermi cura. Max non ha mai avuto bisogno di me. Né negli affari, né nella vita. Io faccio la mia parte, certo, ma lei si prende cura di me più di quanto io mi prenda cura di lei, a parte qualche graffio qua e là.

Melody *aveva* bisogno di me. Me. Non Max, non qualcun altro. Me ne sono reso conto nel momento stesso in cui ha messo piede nello studio. Ho visto la curva della sua guancia, la luce nei suoi occhi e il pancione, e ho capito che era compito mio proteggerla. Ho odiato all'istante l'uomo che era con lei. L'ho odiato più di quanto potessi odiare un perfetto sconosciuto che non mi aveva mai fatto nulla di male.

Nei pochi minuti trascorsi a chiacchierare con Melody, mentre Max tatuava il tizio, ho riconosciuto la luce dentro di lei. Mi ha riscaldato, scacciando il freddo che mi aveva avvolto per così tanto tempo, e sapevo che sarei morto pur di tenerla al sicuro.

Così, quando salgo le scale alla ricerca di lei e del bambino, il mio cervello non riesce a elaborare ciò che vedo. Passa subito alla negazione.

Quella non può essere la mia donna. Non può essere il suo sangue che impregna la maglietta e le lenzuola. È impossibile.

Il mio cervello è pietrificato, ma il mio corpo conosce la verità: un feroce grido di dolore mi squarcia la gola e mi esce dalla bocca. Resto bloccato sulla soglia, ma non per molto. Max mi afferra, spostandomi, e inizialmente è un bene, perché non riesco a muovermi, nonostante voglia uccidere Micah.

Non sta accadendo. Non a lei. Mi rifiuto di crederci. Non è morta. La mia dolce Melody non è morta. No.

Mi ricompongo e costringo le mie gambe a muoversi, a portarmi accanto a lei.

"I... il mio... bambino. Ha... ha p... preso... il mio... bambino." Rabbrividisce, la sua voce armoniosa è strascicata e distorta a causa della perdita di sangue e dello shock. La sua pelle, un tempo di un bel colorito abbronzato, è grigiastra e sudata. Allunga una mano tremante verso di me. Gliela stringo, sentendo le dita fragili tra le mie.

"P... prometti che lo... che lo troverai. P... prometti che... che lo porterai al... al sicuro," mi implora con il respiro affannoso. I suoi occhi azzurro chiaro mi penetrano nel profondo dell'anima. Ma certo che troverò suo figlio. Fosse l'ultima cosa che faccio.

"Te lo prometto, Mel. Te lo giuro." La rassicuro come meglio posso. Il suo corpo sembra avvizzire ulteriormente nel materasso, mentre il suo sguardo diventa vitreo.

Grido a Max di portarci via di qui, e lei ci teletrasporta da Ian. Ian, bisogna dargliene atto, si mette subito al lavoro e spedisce Aidan a prendere del sangue. Max lo aiuta, passandogli tutti gli strumenti necessari. In qualche modo, vengo allontanato. Non so se sia il risultato della mia inutilità o se lo abbiano fatto di proposito, affinché non veda cosa stanno facendo alla donna che amo.

Ma *voglio* vedere. Voglio sapere se i suoi occhi si aprono, se soffre, se respira. Voglio sapere se il terrore che mi attanaglia le viscere se ne andrà mai.

Solo che un minuto dopo, al ritorno di Aidan, mentre Ian le sta facendo le compressioni e Max le sta pompando l'ossigeno in bocca con un pallone, io sono ancora lì, immobile, perché non riesco a immaginare un mondo in cui questa bellissima, meravigliosa donna non sia viva.

Presto tutti si fermano. Smettono le compressioni, Max smette di stringere quello stupido pallone e Aidan le sfila la flebo con il suo 0 negativo rubato. Si fermano, perché Melody non respira.

Li spingo via per poterla vedere. La sua pelle è così priva di vita, così grigia. Le sue labbra non sono più di quel rosa tenue che amavo tanto. Una piccola macchia di sangue le sporca la guancia, talmente piccola che potrebbe essere una lentiggine. Ed è proprio quella macchia minuscola a gettarmi nel baratro.

Salgo sul tavolo da biliardo che fungeva da tavolo operatorio di Ian e prendo Melody tra le braccia; le sue membra senza vita vengono trascinate sul feltro mentre la stringo a me. Premo le labbra sulla sua fronte, che sembra già così fredda, e il dolore si abbatte definitivamente su di me. Non riesco a sopportare la fitta lancinante al cuore che mi dice che se n'è andata davvero.

Ma non può finire così. Deve esserci un modo per riportarla indietro. Melody era incinta di un mezzo demone, forse può tornare come Max. Forse…

"Portami da Caim." La mia voce gutturale lascia trasparire l'agonia che provo, ma non mi importa. Ciò che importa è portare Melody da qualcuno che possa aiutarla.

Max si limita a fissarmi, con gli occhi che si riempiono di lacrime che poi le colano lungo le guance. Scuote la testa, ciocche indaco che si agitano nell'aria. Ha il viso sporco di sangue.

"Non lo farò, tesoro." Le trema la voce.

"E invece sì."

"No. So a cosa stai pensando, e non oso immaginare quale sarà il prezzo di Caim per riportarla indietro. Non ti permetterò di fare questo a te stesso e non ti permetterò di fare questo a lei. È morta, Striker. Gli umani muoiono."

Le sue parole mi suscitano una rabbia improvvisa e devastante. "E tu cosa ne sai della morte?"

"Non abbastanza per dire che ho perso qualcuno che amavo. Non ho mai provato nulla di simile a quello che tu provi per lei, ma ciò significa che riesco a ragionare più lucidamente di te. Non sento lo stesso dolore, quindi la mia mente non ne è offuscata."

Farebbe meno male se mi avesse dato una pugnalata al cuore. Con riluttanza, riadagio il corpo di Melody sul feltro, attento a non farle assumere una posizione scomoda. Poi balzo giù dal tavolo, atterrando davanti a Max.

"La mia mente non è offuscata dal dolore. È tutto chiaro, cazzo. Melody se n'è andata perché non siamo riusciti a proteggerla. Perché ci ho messo troppo a trovarla. Perché non l'abbiamo rintracciata in tempo. Perciò è compito mio risolvere tutto. E tu mi aiuterai."

"Hai ragione. È colpa nostra. Ma lei è morta, e non ti permetterò di legarti chissà come a Caim, qualunque cosa sia quell'uomo, per riportarla indietro," ribatte Max, e ho l'impressione che la rabbia mi avviluppi come un incendio.

Avverto una strana sensazione alla schiena, quasi

una sorta di strappo, mentre l'inferno sotto la mia pelle raggiunge la massa critica, e poi sento un peso dove prima non c'era. E infine una fitta acuta sul palmo della mano. Ma non me ne frega niente di tutto questo. Mi interessa solo arrivare a Caim, in modo che possa sistemare tutto e riportare indietro Melody.

Gli occhi color cioccolato di Max si spalancano. Fa un passo indietro, e subito Ian è davanti a lei, tutto zanne e artigli e occhi neri, come se fossi sul punto di attaccarla. Brucia che questa sia la terza volta in altrettanti giorni che Ian si frappone tra me e la mia migliore amica. E cosa dice di me, che un estraneo mi osservi come se stessi per farle del male?

"Striker, guardati le mani," mi esorta Max con un tono intriso di paura, sbucando da dietro le spalle di Ian.

Dalla punta delle mie dita sono comparsi degli artigli neri e le mie mani sembrano rivestite di spesse scaglie rosse che ricordano la pelle di una lucertola.

Che cazzo...?!

"Ehm... tesoro, non voglio allarmarti, ma hai anche le ali."

Questo spiega il peso, ma onestamente non me ne frega niente se resterò così per sempre o se si tratta solo di un'allucinazione febbrile provocata dal dolore.

"Mi porterai da Caim." Il mio ringhio gutturale riecheggia in tutta la stanza. La mia voce è più profonda e intesa di quanto sia abituato. Ma, di nuovo, non mi importa. I poteri che ho sfruttato quasi ogni giorno della mia vita per convincere la gente a fare qualcosa non hanno nessun cazzo di effetto su Max.

"No, lei non ti porterà da nessuna parte. Ma lo farò io," si offre Aidan, avvicinandosi e infilandosi tra me e il fratello.

Indietreggio, rispondo ad Aidan con un cenno del capo e lui mi afferra il braccio. Veniamo circondati da una coltre di fumo, e mi sento come se il mio corpo fosse fatto a pezzi. Atterro carponi su un tappeto persiano che ho già visto. E fatico a non vomitarci sopra.

"Che diavolo, Aidan? È davvero necessario?" si lamenta Caim. "Cosa..." La sua voce si interrompe come un disco graffiato quando mi alzo in piedi e lo guardo negli occhi. La faccia di Caim impallidisce per un attimo, prima che abbassi la testa e deglutisca.

Devo avere un aspetto piuttosto orrendo se non vuole nemmeno guardarmi negli occhi.

"Ho bisogno di un favore," inizio a spiegare. "Hai presente la donna che hai detto che ci avresti aiutato a trovare? È morta. Voglio che la riporti indietro."

"No." La sua risposta è immediata e mi colpisce come un pugno alla bocca dello stomaco. Era la mia occasione, la mia *unica* occasione di riaverla... e Caim non vuole nemmeno ascoltarmi.

"Nessuna trattativa? Nessuna domanda? Semplicemente un 'no'?" domando, incredulo.

"Non resuscito gli umani morti. Quindi, di nuovo, *no*." Le sue parole sono come uno schiaffo in faccia. Caim ha cercato di reclutarmi nelle sue strane attività segrete per anni.

"Ti prego. Ti darò qualsiasi cosa. Farò qualsiasi cosa. Ti supplico." Lo imploro senza vergogna, perché fanculo l'orgoglio, fanculo tutto, purché Melody possa tornare da me.

"Non hai nulla di ciò che voglio, Striker. E se hai bisogno di spiegazioni sul motivo del mio rifiuto, resuscitare la tua Melody toglierebbe la vita a qualcun altro, qualcuno il cui tempo non è ancora arrivato. Mi metterebbe nei casini con le Parche, e io mi sono sempre imposto di non inimicarmele. Sarebbe come dire ai miei capi di andare a farsi fottere. Preferisco tenere la testa al suo posto, grazie tante. Non posso aiutarti, figliolo. Nessuno può."

"Non sono il tuo maledetto figlio. Non sono figlio di nessuno, ricordi?"

Una coltre di rabbia si posa su di me, ma invece di

alimentare la frenesia del fuoco che mi corre sulla pelle, rende la mia mente cristallina. So esattamente cosa fare. Se non posso riportare indietro Melody, otterrò qualcosa di quasi altrettanto bello.

La testa di Micah su una cazzo di lancia. Armistizio o meno, mi vendicherò. A qualsiasi costo.

20

MAX

Non so perché mi sia passato per la testa che avere un piano avrebbe funzionato. Secondo la mia esperienza, avere un piano ha sempre significato la più totale e completa delusione. E mi è capitato che i miei piani si ritorcessero contro di me, ma mai così.

Melody è morta.

Striker se n'è andato.

E non ho modo di ottenere il sangue di Micah per incantare la lama che lo ucciderà senza farmi ammazzare. Non sono solo fottuta.

Sono *irrimediabilmente* fottuta.

Per non parlare del fatto che ho tradito la fiducia di questa dolce ragazza. Ho fallito con il figlio e con i suoi genitori. Ho deluso Striker. E sto per diventare il giocattolo di un demone. Tra il dolore bruciante al petto e la voragine alla bocca dello stomaco, sono quasi tentata di usare il coltello su di me.

Ubriacarmi fino a svenire mi sembra la cosa migliore da fare.

"Ti prego, dimmi che hai dell'alcol in questa sede di una confraternita che chiami appartamento."

Ian si volta, osservandomi con un'espressione imperscrutabile. Ha le sopracciglia aggrottate, gli occhi ancora neri come l'inchiostro, e artigli e zanne a volontà. Non so perché non sia tornato in forma umana, ma al momento ho già troppi problemi per occuparmi di lui.

"Perché ti interessa tanto un uomo innamorato di un'altra?" La sua domanda mi coglie di sorpresa. Me l'ha chiesto come se avesse il diritto di saperlo. Beh, visto che ha già preso le mie difese con Striker almeno un paio di volte negli ultimi giorni, forse è così.

"È il mio migliore amico. Non c'è altro. Certo, è sexy, ma io e Striker non funzioneremmo mai come coppia. Mi importa di lui perché è una delle poche persone al mondo che non mi tratta come se fossi un mostro. Essere una Rinnegata è dura. Nessuna congrega mi accetterà mai. Non posso frequentare i locali degli Eterei – insomma, non posso stare tra i miei simili. Non posso fare compere in certi negozi. E se qualcuno dovesse farmi del male, non c'è nessuno da cui possa andare e nessuno che mi aiuti. Sono un bersaglio facile. A Striker non importa nulla di tutto questo. È da un po' che ci guardiamo le spalle a vicenda."

Inoltre, non gli è mai importato che la nostra amicizia potesse avere un effetto negativo sulla sua posizione sociale. Neanche lui ha una congrega, ma non gliene frega niente.

"Quindi... siete come una famiglia?" chiede, iniziando a riacquistare un aspetto umano.

Se per famiglia intende che abbiamo scopato una volta e lo abbiamo odiato, perciò abbiamo deciso che il nostro rapporto sarebbe stato solo platonico, allora sì. Ma non è quello che dico. Non esiste uno scenario in cui raccontare a Ian che sono finita a letto con Striker in un impeto di disperata ubriachezza abbia delle conseguenze positive. Per non parlare del fatto che non sono affari suoi. Anche se una piccola parte di me si domanda se sia effettivamente così.

"Sì, e in questo momento è con tuo fratello e probabilmente sta chiedendo a Caim qualcosa di impossibile, e chissà cosa gli offrirà come pagamento. Non posso aiutarlo, non posso vendicarmi e non posso togliermi questi marchi del cazzo. Sono davvero fottuta. Inoltre, ho una montagna di sensi di colpa che si accumulano sulla mia anima e non ho il sangue necessario per vendicare Melody. Quindi, alcol? Sarebbe fantastico poter bere un po', in questo momento," gli ricordo, ma lui non si affretta a darmi ciò di cui ho bisogno. Stronzo.

"Che sangue ti serve? Mostrami l'incantesimo, magari posso aiutarti." Per quanto la sua offerta sia gentile, ed è tenero che pensi di essere in grado di aiutarmi, ora come ora preferirei annegare nel bourbon.

Tiro fuori la pergamena ripiegata con aria spocchiosa, indicando l'ingrediente in questione. "C'è scritto 'sangue della stirpe del demone'. Ciò significa che potrei usare sia quello di Micah stesso che quello del figlio. Solo che non ho né l'uno né l'altro – non che preleverei mai il sangue di un bambino... quindi niente da fare."

Ian aggrotta la fronte, osservando l'antica pergamena che ho sfilato dalla tasca posteriore. Sì, probabilmente dovrei averne più cura, ma non ho l'abbigliamento adatto a conservare un grimorio.

"Perché non usi il sangue di Melody? Il bambino è nato da lei. Questo non la renderebbe parte della stirpe di Micah?"

Qualcosa dentro di me si ribella all'idea di usare Melody. Come se la stessi violando in qualche modo.

Deve trasparire dal mio volto, perché la pietà si fa strada sul viso di Ian.

"È morta, Max. Non c'è niente che tu possa fare per lei, se non ammazzare il bastardo che l'ha uccisa."

Ha ragione, lo so, ma il mio viso si accartoccia e i miei occhi versano ancora fiumi di lacrime al pensiero di usare Melody in qualsiasi modo. Maledizione, ha sofferto abbastanza. Toglierle qualcosa ora che non c'è più mi sembra... sbagliato.

"Potrebbe funzionare." La mia voce è soffocata dalla vergogna, ma mi asciugo il viso con decisione. Non è il momento di essere una piagnucolona accecata dai sensi di colpa.

"Non devi farlo tu, Max. Le preleverò del sangue con una siringa. Non le faremo del male, okay? Perché non ti prepari un drink? Credo che ci sia del bourbon nell'armadietto vicino al frigorifero."

Mi sta offrendo una via d'uscita, cosa che apprezzo moltissimo. La accetto, allontanandomi dal cadavere sul tavolo da biliardo e dalla gentilezza che non riesco ad assorbire. La cucina di Ian si affaccia sul soggiorno e sulla sala da pranzo, ma tento di concentrarmi sul compito che mi sono prefissata: cercare qualcosa di alcolico da bere. Trovo una bottiglia di bourbon nell'armadietto che mi ha indicato, insieme a un tumbler che inizio subito a riempire.

Ma il bruciore dell'alcol sembra solo acuire la sensazione di vuoto nel petto. Avrei dovuto cercare Melody prima di cercare l'arma. Non avrei dovuto perdere tanto tempo a rintracciare Striker e andarmene da sola a salvarla.

Mi domando se ora Melody e i suoi genitori sarebbero ancora vivi, se mi fossi tenuta fuori da questa storia. Ma poi ricordo le sue parole.

Mi ucciderà non appena avrò messo al mondo il mio bambino.

No. Ricordo la sua paura, ricordo il suo dolore. Se avessi lasciato che Melody se la cavasse da sola, nessuno sarebbe mai andato in cerca di quel bambino. I suoi genitori non sapevano nemmeno che fosse incinta, finché non l'abbiamo portata a casa loro. Non ci sarebbe stato nessuno a vendicarla. Nessuno a fermare Micah. E dannazione, farò tutto ciò che serve per evitare che un'altra donna subisca lo stesso destino di Melody.

Bevo un altro sorso di bourbon e metto giù il bicchiere. Ho bisogno di essere lucida, se voglio distruggere quel bastardo.

"Okay, ho fatto," dice Ian, ma non riesco a girarmi. Non posso fare un riposino? O magari andare in vacanza? Perché sono io a dovermi occupare di tutto questo e non qualcun altro?

Mi schiaffeggio mentalmente. Melody si è presentata alla mia porta. Le ho detto che l'avrei aiutata, ed è quello che farò, cazzo.

Comportati da persona adulta e fattene una ragione. Nessuno verrà a salvarti. Nessuno proteggerà quel bambino. Datti una regolata.

Terminato il mio discorsetto di autoincoraggiamento, mi volto verso Ian. I miei occhi si posano su un lenzuolo bianco che copre Melody, e non posso fare a meno di sentirmi grata per quel gesto di rispetto

"Di cos'altro hai bisogno? Qui ho delle scorte..." Si interrompe, osservandomi in un modo che mi mette a disagio. Penso che sia sempre stato il mio problema con Ian. Mi guarda come se stesse aspettando che io capisca qualcosa.

Ma io non riesco mai ad afferrare il non detto che c'è tra noi, e mi sento un'idiota.

"Stai per fare qualcosa di stupido, vero?"

Mi stringo nelle spalle. "Credo che abbiamo stabilito che tutto questo piano è stupido, quindi sì, è probabile."

"No. Mi domandavo se avessi intenzione di farti ammazzare."

Scelgo di ignorare le sue parole, ascoltando invece il suono della sua voce, crogiolandomi nel suo accento. Ha mantenuto una certa cadenza irlandese, o almeno emerge quando è incazzato. Come adesso.

"Non hai saputo? Non posso morire." Dichiaro l'ovvia verità che lui conosce fin troppo bene senza incontrare il suo sguardo.

Poi me lo ritrovo davanti, così non ho altra scelta che alzare gli occhi e specchiarmi nei suoi. Considerando come mi stanno studiando, se non sapessi che è impossibile, direi che sa cosa sto per fare. Nonostante il piano si sia appena formato nella mia testa.

"Sai cosa intendo, Max."

C'è qualcosa che mi tormenta, quando è troppo vicino. È come se mi ricordassi di averlo già visto da qualche altra parte, ma al tempo stesso quel ricordo mi sfuggisse. Mi fa arrabbiare, così come le sue domande.

"Farò ciò che devo, come ho sempre fatto. E se significherà morire, va bene. Ma non ho intenzione di farmi ammazzare apposta, se è questo che intendi."

La mia risposta è più impertinente e audace di quanto mi senta, perché ho seri dubbi sulla possibilità di farcela.

Ian mi rivolge un'occhiata talmente dubbiosa che quasi cedo.

"Perché non proviamo a vedere se riesco a incantare quella maledetta lama, prima che entri in modalità protettore?”

“Va bene. Ci occupiamo del pugnale e poi uccidiamo questo stronzo.”

“Perché stai parlando al plurale? Non *uccideremo* proprio nessuno. *Io* incanterò la lama e *io* ucciderò Micah. *Tu* resterai qui. Vivo. Perché solo uno di noi può tornare dalla morte, e tesoro, quel qualcuno non sei tu.”

“Vedremo.”

È strafatto? No, seriamente, ha fumato qualcosa? Quante morti vuole che abbia sulla coscienza? Faccio qualche passo indietro, ho bisogno della lucidità che solo un po’ di spazio mi può offrire.

“Ian, posso fare molte cose con i miei poteri. Onestamente, le possibilità sono quasi illimitate. Quello che non posso fare, però, è preoccuparmi che un’altra persona a cui tengo si faccia male a causa mia. Quindi, posso addormentarti. Posso paralizzarti. Posso farti credere che non sia mai venuta qui in cerca di aiuto. Posso anche farti dimenticare di avermi conosciuta. Non mettermi alla prova, perché le opzioni sono infinite e non credo che ti piacerà quella che sceglierò.”

“Dovrei stare qui e lasciare che tu corra a farti ammazzare? Per quanto ne so, non hai alcuna esperienza nel corpo a corpo. Cosa succederà se non potrai usare la magia, Max?"

"È a questo che serve la lama."

"Stai scherzando?"

"Perché cazzo ti interessa?" Alzo le mani, esasperata dalla conversazione.

"Perché mi importa di te, Maxima." Ian ringhia e copre di nuovo lo spazio che ci separa, nei suoi occhi si agitano le fiamme. È talmente vicino che riesco a sentire il suo calore attraverso i vestiti. C'è qualcosa nel modo in cui sbraita queste parole che mi fa pensare che è sincero. Gli importa davvero di me. È buffo: quando è lui a pronunciare il mio nome per intero, non mi dà fastidio. Non mi causa il dolore che sono abituata a provare.

Gli importa di me.

Perché?

La domanda rischia di sfuggirmi dalle labbra quando si avvicina ancora di più, e preme il corpo sul mio. Le sue mani trovano i miei fianchi. Mi stringe a sé. Non posso alzare lo sguardo. Se lo facessi, se mi perdessi nei suoi occhi scuri, lo bacerei. E se lo baciassi, qualcosa mi dice che non mi fermerei. *So* che non voglio fermarmi.

Solo che ora non posso.

Il mio corpo si ribella, il cuore mi scalpita nel

petto, il respiro si fa affannoso... ma in qualche modo riesco a indietreggiare.

"Okay," cedo. Ho la voce roca. "Preparerò la lama, e poi potremo elaborare un piano."

"Va bene." Sembra ferito e deluso. Non voglio farlo soffrire, ma non è questo il momento di preoccuparmi dei suoi sentimenti.

Non posso accantonare la promessa che ho fatto.

"Passami il sangue. Questo pugnale non si incanterà da solo."

Fase uno: procurarsi un'arma per uccidere Micah.

Fase due: cercare di non morire.

Fase tre: capire cosa cazzo sta succedendo con Ian.

Sarà un gioco da ragazzi.

21

MAX

L'INCANTESIMO PER PREPARARE IL PUGNALE È facile. Un po' troppo facile, secondo me. Ogni capitolo di questa saga di merda è stato terribile, quindi ero convinta che l'incantesimo sarebbe stato una gran rottura di scatole.

Ma non lo è. Anzi, sotto al testo in aramaico c'è persino la trascrizione fonetica, annotata nella chiara calligrafia di Teresa. Immagino che la mia cara mammina fosse preoccupata che combinassi un casino. In tutta onestà, questa dev'essere la cosa più utile che abbia mai fatto per me da quando sono nata. Quindi non mi lamento.

Non potevo stare da Ian, non con Melody lì, perciò, invece di perdere altro tempo ad aspettare che Striker e Aidan facessero qualsiasi cosa ritenessero di dover fare, Ian mi ha portata allo studio. È chiuso, visto che è lunedì – in realtà, da quando Micah si è impadronito di ogni istante della mia vita, non ho più pensato alla mia attività o ai miei dipendenti.

Ma qualcuno lo ha fatto. La vetrata sul davanti è stata sostituita, mentre le pareti e le luci sono state riparate. Non c'è nessun odore di pittura fresca, quindi dev'essere stato sistemato tutto con la magia. C'è però una fragranza che conosco bene: un leggero aroma di ozono lasciato dall'uso di un incantesimo e quello peculiare della persona che l'ha scagliato. Un aroma speziato.

"Hai sistemato lo studio, eh?" Mi volto verso Ian, che è ancora immobile al centro della piccola sala d'attesa, intento a fissare il murale che ho dipinto anni fa. È un albero di ciliegio in piena fioritura, con i petali bianchi e rosa catturati da una tempesta di vento, che fluttuano verso l'aldilà. Le pareti sono immacolate, l'intonaco liscio come il sedere di un bambino, e le lampade che prima erano ridotte a frammenti di vetro e metallo hanno ripreso a brillare, intatte.

"Striker ha detto a tutti che c'era stata un'effrazione. Li ha esortati a cancellare gli appuntamenti per la settimana successiva, in modo da avere il tempo di sistemare ogni cosa. Solo che non è venuto nessuno a riparare ciò che è stato rotto, così ho pensato di occuparmene io."

Non sa quante cose ci siano da sistemare. Ma una parte di me è convinta che Ian saprebbe sistemarle tutte.

"Grazie," riesco a gracchiare, incapace di incontrare il suo sguardo. Certo, la mia visione vacilla un po' a causa delle lacrime, ma mi faccio forza.

È una delle cose più belle che qualcuno abbia mai fatto per me, e decido che quando tutto questo sarà finito, salterò addosso a Ian Moran e lo bacerò fino allo sfinimento. Probabilmente farò anche qualcosa di più, ma non posso pensarci adesso.

I miei desideri dovranno aspettare finché non avrò completato il maledetto incantesimo. Oh, e fatto fuori il demone che mi ha marchiata e che ha ucciso una donna innocente.

Niente di troppo impegnativo, insomma.

"Prego," dice Ian, rivolto alle mie spalle, e il suo timbro roco ha un certo effetto su di me. Un effetto fluttuante, femminile e lussurioso per cui sono totalmente impreparata. Il suono della sua voce calibrato in questo modo mi assale di nuovo il cervello, ma continuo a non capire perché.

Alla fine riesco a darmi una regolata e vado verso il mio ufficio, dove giro la manopola della comoda cassaforte a prova di magia e afferro la lama d'osso intagliata che mia madre mi ha donato con tanta riluttanza. Era restia anche a dirmi dove se l'era procurata, ma sono riuscita a ottenere comunque qualche informazione. Non mi ha rivelato quando è stata creata, ma in base al sottile involucro di cuoio sull'elsa, penso sia antichissima. Dovrebbe essere macchiata dal tempo e dall'uso, ma è immacolata come se fosse stata appena intagliata nell'omero da cui mia madre ha detto che proviene. Si è rifiutata di indicare a quale creatura appartenesse l'osso o se sia stato ottenuto con la forza, ma in questo momento sono contenta di non saperlo. Perché potrebbe farmi sentire ancora più in colpa.

Supero Ian e attraverso lo studio, salgo le scale che portano all'appartamento al piano di sopra e mi dirigo verso le mie scorte e l'altare. Poi sfilo la pergamena dalla sua sede nella tasca posteriore dei pantaloni e la esamino ancora una volta.

Avrò bisogno di un cerchio di sale, del sangue fornito dal sacrificio di Melody e del pugnale.

Ho tutto ciò che mi serve, ma non riesco a iniziare. Odio anche solo pensarlo, ma sono molto impaurita. Più di quanto sia incazzata. Ma poi ricordo la voce di Melody dall'altro lato del filo, che mi sussurrava quanto fosse spaventata.

È stata coraggiosa quando aveva tutte le ragioni per non esserlo.

È stata coraggiosa nonostante io abbia fallito.

Anch'io posso essere coraggiosa.

Traggo un respiro profondo, metto il coltello in una grande ciotola di bronzo martellato e disegno un cerchio di sale sul pavimento di legno a tavole larghe. Tendo la mano a Ian e lui mi mette la siringa sul palmo, piena fino all'orlo con il sangue di Melody. Premendo lo stantuffo, inondo il bianco candido della lama con la linfa vitale della mia amica.

Lo uccideremo, tesoro. Te lo prometto. Lo uccideremo per te.

Poi è il turno di cantilenare in una lingua che non comprendo. Imparare l'aramaico non è mai stato nei miei piani, ma potrei dover iniziare. Nel frattempo, sfrutto la trascrizione fonetica fornita da mia madre. Prima in modo un po' stentato, ma via via che procedo, le parole diventano sempre più chiare e decise. Immergo le dita nel liquido rosso, mettendo le mani a coppa per rovesciare più e più volte il sangue sul pugnale, attenta a non ferirmi con la lama sorprendentemente affilata.

Una strana vibrazione comincia a farsi strada dentro di me, quasi spezzandomi la voce, ma la sopporto e continuo a ripetere la formula. Poi la ciotola si mette a roteare, e ritraggo le dita di scatto prima di tagliarmi con la lama. Il sangue che si è accumulato sul fondo della ciotola sembra incanalarsi nella lama, l'osso assorbe la linfa vitale come se stesse morendo di sete. Le candele che prima erano spente prendono vita, e le loro fiamme si innalzano e poi si spengono improvvisamente.

Schiocco le dita, riaccendendole, e sbircio all'interno della ciotola. Il pugnale è lì, immacolato, senza una goccia di sangue.

Beh, non è per nulla inquietante.

"Credo che abbia funzionato," annuncio in tono esitante, pregando di non portarmi sfortuna da sola.

"Bene. Ora devi trovarlo. L'ultima volta come hai fatto?"

Abbasso lo sguardo sugli avambracci fasciati. Non li ho più guardati da quando Bernadette ha abraso la carne, troppo preoccupata di scoprire che il mio tempo era scaduto.

"Ho sfruttato il legame causato dai marchi, seguendolo fino a individuare la sua posizione."

Ammetterlo fa male, anche se non so perché. No, non è vero, lo so: senza neanche togliere le bende, so che le bruciature sono guarite. Mi rendo conto di non avere più tempo.

"Allora è questo che sono." La sua voce è come

vetro sulla ghiaia. Potrebbe averlo sospettato, ma non lo sapeva con certezza. E ora è troppo tardi per me.

È troppo tardi perché so dov'è. So che mi sta cercando, lo *sento*. È come una piccola sirena che mi invoca, implorandomi di andare da lui.

"Sì. Ma non ho bisogno di seguire la magia. So già dove si trova."

Questo coglie Ian di sorpresa. Mi osserva con uno sguardo tagliente come un rasoio.

"Come fai a saperlo?" chiede in tono brusco.

"I marchi sono guariti, Ian. È troppo tardi." La mia voce si spezza nel confessare la mia condanna, l'orrore che ho cercato di prevenire in ogni modo. Ho fallito in tutto. Quattrocento anni su questo pianeta, e cos'ho ottenuto?

"In che senso è troppo tardi?" domanda una voce dalla tromba delle scale, una voce che conosco bene.

Striker entra nella stanza. Ali e artigli sono spariti, ma la sua furia è ancora presente. Aidan è dietro di lui, in disparte, e l'ambiente sembra subito elettrificato; il brivido della sua rabbia mi lambisce la pelle.

Non mi piace poter sentire le emozioni di Striker. Significa che è troppo fuori controllo per poterle gestire. Anche se la forma soprannaturale è nascosta, si agita comunque sotto la sua carne, in attesa di tornare alla luce, in attesa che la collera divampi ancora una volta.

Non so cosa sia veramente Striker. Non credo che lo sappia nemmeno lui. Ma la violenza trova il suo bersaglio quando lo sguardo del mio amico cade sulla lama che si trova ancora nella ciotola sul pavimento.

So che se Striker la afferra prima di me, darà inizio a una guerra alla quale credo che nessuno di noi sopravviverà.

Non so chi sia arrivato per primo al coltello, né perché senta lo strappo doloroso che ci trascina fuori da quella stanza, prosciugandomi. So solo che quando io e Striker atterriamo sul selciato ancora caldo di un marciapiede di periferia, non siamo più nel mio studio.

Ci vuole un secondo prima che riconosca la porta turchese attaccata alla bella casa bianca, ma una volta che l'ho riconosciuta, so esattamente dove siamo e perché.

Questa è casa mia. E non c'è dubbio che Micah si trovi dietro quella porta.

E, peggio ancora, non sono io a stringere il pugnale.

Ma Striker.

22

MAX

Osservando l'edificio dal marciapiede, nessuno potrebbe mai intuire che all'interno si nasconde un demone in agguato. Immagino che fosse lo scopo dell'incantesimo illusorio, ma la magia che nasconde la mia casa non funziona su di me. Eppure, la mia bella casetta con l'ampio portico avvolgente e le imposte blu mi chiama. Anche se la mia pelle, il mio cervello, le mie ossa sanno che dentro c'è Micah, voglio comunque seguire Striker oltre la soglia.

Voglio comunque seguire il mio migliore amico ed entrare.

Beh, lo voglio e non lo voglio.

Per quanto desideri uccidere Micah per ciò che ha fatto, per quanto voglia infilargli la lama nelle viscere, essere così vicina a lui inizia a sembrarmi un errore. La mia ira è smorzata, i miei pensieri sono avvolti nel soffice cotone del potere del marchio.

Dev'essere il marchio, giusto?

Voglio entrare anche se non ho più un'arma, anche se la mia magia sembra essersi assopita, ma c'è una parte del mio cervello che grida. È una voce di donna che assomiglia tanto alla mia, ma si allontana sempre di più, affogata da un'improvvisa coltre di letargia che mi fa desiderare di entrare e appoggiare la testa sul cuscino.

Sì. Ecco. Sono stanca e voglio andare a letto.

Il calore del marciapiede mi graffia le dita mentre lotto per alzarmi, ma poi sfioro del metallo freddo, e per un attimo riesco a concentrarmi. Una gemma azzurro chiaro ammicca dal cemento, brillando sotto la luce del lampione.

È così carina.

Non appena le mie dita si chiudono intorno all'anello, la nebbia del marchio si dissolve. L'anello che mi ha dato Bernadette deve essersi sfilato mentre mi accapigliavo con Striker per l'arma, e Micah sta sfruttando il suo potere su di me per ingannarmi.

Stronzo. Anzi, *stronzi.*

Merda! Striker ha il pugnale e, se devo tirare a

indovinare, è già in casa. Non lo vedo dalla mia posizione sul marciapiede, dove sono accovacciata in maniera poco elegante, ma non sono stupida come sembro. Sono combattuta. Da un lato, Micah è lì dentro, non ho più la lama e sono abbastanza sicura che abbia appena cercato di incasinarmi la mente. Dall'altro, se non impedisco a Striker di ucciderlo, il mio amico violerà qualche antico trattato e darà inizio a una guerra. Credo.

In qualche modo, penso che tra tutti, sarò io a essere fregata in questo scenario.

Più riacquisto il lume della ragione, più sono certa che non sono stata io a condurci qui. Volevo solo l'arma, ed evitare che Striker facesse qualcosa di stupido. E se non sono stata io a condurci qui, ciò significa che Striker mi ha usata. Ha sfruttato i miei poteri come se fossero stati suoi. Mi sento come se avesse sottratto parte della mia energia, e rendermene conto è come prendermi a calci quando sono già a terra. Dev'essere una delle abilità di cui mi ha tenuta all'oscuro.

Mi fa male essere stata usata in modo così brutale da qualcuno di cui mi fidavo. Qualcuno che è stato a lungo una parte essenziale della mia vita.

Devo andare dentro. So che devo. Ma non esiste

che entri dalla porta principale come ha fatto Striker. Così, prendo la decisione probabilmente idiota di schioccare le dita, arrivando nel mio salotto. È identico a com'era qualche giorno fa.

Un attimo, è passato solo qualche giorno? Mi sembra che si tratti di un'altra vita. Ho arredato ogni stanza della casa. Ho pitturato i muri di blu pavone. Ho scelto il divano grigio ardesia e ogni singolo cuscino dorato, prugna e verde acqua. Ho scelto il tappeto morbido e le opere d'arte stravaganti ma carine appese alle pareti. Ho fatto di questa casa la *mia* casa e, sebbene nulla sia fuori posto, sembra quella di un estraneo. Non la sento più mia, e odio che il rifugio che ho passato tanto tempo a creare per me stessa sia andato perduto.

È come se fossi stata derubata.

Beh, è praticamente quello che è successo.

Decisa a trovare Striker prima che ci metta entrambi nei guai, tento di percepire dove si trovi Micah. Basandomi sui suoi precedenti tentativi di controllarmi la mente, potrebbe essere nella mia camera da letto. Reprimo un brivido mentre cerco di individuare Striker. Dopo tutto questo tempo trascorso insieme, dovrei essere in grado di sentirlo, giusto? Dovrei essere in grado di capire dove si trova usando la magia demoniaca che è chiusa dentro di me, no?

Il flebile lamento di un bambino mi fa tendere l'orecchio verso l'origine del suono. Ma non riesco a capire se proviene dalla porta che conduce al seminterrato e alla sala degli incantesimi o dal temuto piano superiore, dove so che si trova Micah.

Chiudo gli occhi, provando a isolare il pianto, sapendo che andrò a cercare il figlio di Melody prima di tentare di salvare Striker. Striker è più vecchio di me, ed è armato. Il bambino no. Inoltre, il bambino è innocente in tutto questo. Se vedo Striker, prima gli tirerò un pugno nelle palle, e poi trascinerò il suo stupido culo fuori di qui.

So che è accecato dalla rabbia e non sta usando la testa, ma cazzo, non può fermarsi un attimo e *pensare*?!

Non ottengo risposta alla mia domanda perché una mano mi copre la bocca con violenza e un braccio mi cinge la vita da dietro. Capisco dalla combinazione di tatuaggi, altezza e muscolatura che non si tratta di Striker. Oh, e anche dalla sensazione di essere fottuta – e non in senso buono.

Senza preavviso, Micah ci fa sparire dal soggiorno e atterrare meno di un secondo dopo nella mia camera da letto. Mi si rovescia lo stomaco, e penso che il teletrasporto dei demoni non sia migliore di quello degli spettri.

"Ti avevo detto che sarei tornato a prenderti, tesorino, e guarda un po': alla fine sei stata tu a venire da me." La pesante cadenza britannica di Micah mi si insinua nelle orecchie, suscitandomi un brivido che mi fa scuotere tutto il corpo.

Non aiuta il fatto che le sue labbra, che non voglio avere vicino, mi sfiorino l'orecchio mentre lo dice. Non voglio essere tra le sue braccia. Non voglio essere accanto a un letto. Non voglio che quest'uomo continui a respirare.

"Su, piccola. Non sono poi così male." La sua voce smielata non mi inganna.

"Dillo a Melody," sibilo, digrignando i denti mentre lui stringe la presa.

"Melody era umana. Un semplice recipiente per il mio seme." Trascina le labbra lungo il mio collo, un gesto che di solito trovavo molto seducente. Un uomo avrebbe potuto baciarmi lì e io mi sarei sciolta tra le sue braccia. Ma quando è Micah a farlo, il mio stomaco si ribella. "Tu, d'altro canto, sei molto diversa. Fai praticamente parte della famiglia reale. Ma nessuno ti ha protetta, eh? Ti hanno resa una Rinnegata, lasciando che qualsiasi demone potesse prenderti e farti sua. Considerando da quanto tempo sei al mondo, è un miracolo che nessuno ti abbia ancora reclamata."

"Non so di cosa stai parlando."

"Non sai nulla della tua famiglia? Tuo padre, il demone Andras, è l'unico figlio della nostra Regina Suprema Lilith. La conosci come Bernadette."

"Mi stai dicendo che Bernadette è mia nonna?"

"Sì. Riconoscerei questo anello ovunque." Mi afferra la mano destra per vedere meglio l'anello che mi ha salvato la mente. "Se guardassi bene i sigilli, sapresti a che stirpe appartieni. Lo dicono chiaro e tondo. Perché pensi che ti voglia? Non c'è un trofeo migliore della nipote della Regina Suprema e la figlia del Principe Ereditario."

"Quindi si tratta di questo? Sono un trofeo. Immagino che non ti importi che preferirei bruciare di nuovo sul rogo piuttosto che essere il tuo animaletto da compagnia," ringhio, saggiando la presa che ha su di me mentre cerco di divincolarmi.

Purtroppo, l'unica cosa che ottengo è che mi stringa con più forza.

"È perché non riesco a entrare nella tua testa, se ci riuscissi mi *imploreresti* di prenderti."

"Oh, no, ho ferito il tuo fragile ego? Non puoi controllare la mia mente, quindi hai pensato che il rapimento e la schiavitù siano una buona alternativa?"

Gli artigli di Micah mi afferrano il mento, incidendo la pelle appena sotto la mascella, mentre accentua la presa intorno alla mia vita. Le sue azioni mi dicono che forse ho toccato un nervo scoperto. *Ops.*

"Credi che una sfida possa indurmi a desistere? No, piccola. Ti toglierò l'anello e tu farai esattamente quello che voglio. Completerò il marchio, e nessuno riuscirà a portarti via da me. Nemmeno la tua cara nonnina."

Spero che non stia mentendo, che il marchio sia effettivamente incompleto. Che io non sia sua, almeno non ancora.

Ma poi ogni speranza si rivela vana, perché anche se lotto, anche se mi divincolo e scalcio, Micah mi strappa l'anello dal dito, quasi rompendolo nel tentativo di sfilarlo.

Sento immediatamente la sua influenza, l'ovatta che mi offusca il cervello. Le mie membra si rilassano, la paura si dissipa... e con essa svanisce anche la ragione.

"Vieni, fammi vedere i marchi."

Quel briciolo di lucidità che mi è rimasto mi urla di scappare, di riappropriarmi dell'anello, di chiamare

Striker. Di fare qualsiasi cosa che non sia restare tra le braccia di Micah e lasciare che mi controlli. Ma non reagisco. E più a lungo aspetto, più mi dimentico perché dovrei avere paura di Micah.

Sto avvicinando la mano al nastro adesivo chirurgico che tiene le garze sulle bruciature, quando il pianto di un bambino risuona nella stanza. Le urla della donna nella mia testa si fanno più forti.

Il figlio di Melody è qui. Le hai promesso di aiutarlo, di tenerlo alla larga da Micah.

Hai promesso, hai promesso, hai promesso.

La presa di Micah è allentata, perciò stavolta, quando provo a divincolarmi, ci riesco.

Ma solo per un attimo.

Perché un secondo più tardi il demone mi tira per i capelli e mi stringe di nuovo a sé.

"Credi che ti lascerò andare così facilmente, tesorino?" La sua voce è una sorta di timido sussurro che fa sì che la voragine nel mio stomaco si allarghi, riempiendosi di puro terrore.

Poi Striker è sulla soglia della mia camera da letto, la sua forma soprannaturale è un luminoso faro di speranza... che si spegne quando non viene ad aiutarmi. Il suo sguardo infuocato diventa vitreo. E resta lì immobile, limitandosi a respirare.

La risata improvvisa di Micah mi fa venire la pelle

d'oca. È un trillo di gioia, e provenendo da lui, non può far altro che annunciare la più pura malvagità.

"Oh, è adorabile. Pensava di potervi salvare entrambi."

È allora che lo capisco. Striker non può aiutarmi.

Non può nemmeno salvare se stesso.

23

STRIKER

Ho fatto un casino. Lo so. Ma uscirne non farà male soltanto a me.

Non sarei dovuto andare a cercare Max nello studio. Non avrei dovuto lottare contro di lei per la lama. Non avrei dovuto sottrarle l'energia, costringendola a portarci ovunque fosse Micah.

Non avrei dovuto, ma l'ho fatto.

Accecato dalla rabbia che mi scorre dentro, ho tradito l'unica persona che non mi ha mai abbandonato. La mia sete di vendetta mi ha portato a lasciare la mia migliore amica su un marciapiede, stordita ed esausta, dove sapevo che Micah avrebbe potuto raggiungerla.

Il pianto del figlio di Melody rieccheggia attraverso la casa, un richiamo che è come una coltellata nel petto e mi ricorda tutto il male che ho fatto. La vendetta non la porterà indietro, non le permetterà di respirare di nuovo, non lascerà che la vita fluisca ancora dentro di lei. Non invecchierà, non vedrà il figlio crescere. Non sarà al mio fianco.

Uccidere Micah non farà altro che spegnere un'altra vita. Per quanto la prospettiva sia allettante, mi sembra comunque una sconfitta.

Il figlio di Melody urla, probabilmente è affamato, e invece di cercare Micah cambio direzione, deciso a rintracciare il piccolo. La scala che porta alla stanza di Max non mi è mai sembrata così ripida come in questo momento, e ogni gradino mi porta più vicino al neonato che ho paura di deludere.

Spingo la porta della camera da letto di Max con la mano che trema, trasformandomi prima ancora che il legno lasci lo stipite. Ma ciò che mi si presenta davanti non è quello che mi aspettavo di vedere.

Melody è seduta al centro del letto di Max, con la schiena appoggiata alla testiera imbottita. Ha in braccio il suo bambino, tenta di calmarlo. Inizialmente, il mio cuore non è in grado di reggere la gioia che provo. Devo aver sognato la sua morte, o forse è tornata come Max. Forse si era trattato dell'incubo peggiore della mia esistenza, in cui lei era insanguinata e cinerea, con la vita che abbandonava il suo corpo un battito alla volta.

Mi avvicino al letto barcollando.

"M... Mel? Tesoro?" Riesco a stento a parlare. Le prendo il viso tra le mani e le poso un bacio colmo di gratitudine sulle labbra. Non riesco a crederci. Ho fantasticato che potesse tornare indietro, ma nel profondo non ci ho mai creduto davvero. Però... averla qui, seduta sul letto, quando ero convinto che se ne fosse andata per sempre... Il mio più grande desiderio è divenuto realtà.

"Non è stupendo?" Sorride, e i suoi occhi tornano sul figlio, mentre gli accarezza le guance con la punta delle dita. Seguo il suo sguardo, memorizzando il modo in cui muove le mani, in cui stringe il piccolo, in cui lo protegge. Potrei restare a guardarla per sempre.

"Tu che lo tieni in braccio... Non ho mai visto niente di più bello." Mi si spezza la voce, sono incapace di controllarmi. L'amore che le illumina il viso... Oh, ero convinto che non l'avrei più rivista. Non avrei mai pensato che la voragine che mi ha squarciato il cuore potesse sparire. Non sono mai stato così grato di qualcosa in vita mia.

Restiamo seduti in silenzio per qualche minuto

prima che un dubbio mi assalga. Voglio sapere cosa le è successo. Voglio sapere se sta davvero bene.

Come ha fatto ad arrivare qui? Come ha fatto a trovare suo figlio? Perché non è venuta da me?

"Cosa ti è successo?"

"Sono morta, Striker," risponde con semplicità. Ma la sua voce, il tono… sono sbagliati.

"Ma ora sei qui. Come sei arrivata qui?" Non appena le pongo la domanda, il terrore ricomincia a insinuarsi nel mio petto. Perché lei suona come un'eco, come una copia della mia Melody.

"Non lo so, dimmelo tu." Continua a fissare il figlio, felice e incurante della sua ignoranza.

O forse si tratta di qualcos'altro. Ho la sensazione che ci sia qualcosa che non va. È tutto sbagliato.

Alzo lo sguardo verso il sole che entra dalla finestra, filtrando attraverso le tende di Max e mettendo in risalto la delicata bellezza delle guance di Melody. Ma il suo viso è un po' troppo pieno. Il suo naso è un po' troppo arrotondato. Le sue labbra sono un po' troppo larghe.

Non voglio fare a pezzi questa benedizione, però…

Era notte quando sono arrivato a casa di Max, ma ora è giorno.

Mi sono perso il sorgere del sole?

No, non credo.

"Melody, puoi guardarmi?" La mia voce è implorante e quando i suoi occhi incontrano i miei... capisco *ogni cosa*. Il dolore atroce della perdita mi colpisce tutto in una volta.

La mia Melody è morta ieri. Si è dissanguata sul tavolo da biliardo di Ian dopo un barbaro cesareo. È stata abbandonata al suo destino dopo aver servito al suo scopo. È stata usata e gettata via, come se qualcuno così bello e prezioso non valesse assolutamente niente. La mia Melody era dolce, impertinente e meravigliosa. Non accusava e non biasimava.

Ma soprattutto, a differenza di questa Melody, la mia Melody aveva gli occhi azzurri. Sono stati la prima cosa che ho notato quando è entrata nel nostro studio di tatuaggi: gli occhi chiari creavano uno splendido contrasto con i capelli neri e la pelle abbronzata. Li ho guardati, e ci sono affogato dentro.

Tutto questo non è reale.

Ed è come se l'avessi persa di nuovo.

Impedire che il dolore lancinante mi traspaia dal viso è quasi impossibile. Il mio più grande desiderio, per cui avrei fatto qualsiasi cosa, si è ridotto in cenere. E devo stare seduto qui e sorridere.

Perché non cadrò in questa trappola e farò fuori Micah.

Fosse l'ultima cosa che faccio.

24
MAX

"Completiamo quel marchio, d'accordo?" mormora Micah, rivolto più a se stesso che a me. Il controllo che esercita sulla mia mente è potente, uno spesso guinzaglio malvagio che mi obbliga a fare tutto ciò che vuole.

Purtroppo per lui, il neonato emette un altro vagito, schiarendomi un po' le idee. Tiro una gomitata nello stomaco di Micah, sperando di coglierlo impreparato, e provo a sottrarmi dalla sua presa.

Ma non scappo. Non questa volta. So già che scappare non funzionerà. Ha il mio anello e senza di esso è in grado di scovarmi ovunque mi trovi.

Mi serve un diversivo, un modo per impedirgli di agire abbastanza a lungo da permettermi di recuperare l'anello o di perquisire Striker, prendere quel maledetto coltello e tagliare la sua stupida testa omicida. Preferirei la seconda opzione, ma a questo punto va bene tutto.

Provo con il primo incantesimo, mormorando la formula in latino che ho usato spesso in passato per gli interrogatori. *"Mille vulnere."* *Mille tagli.* Micah si limita a sorridere. Il mio incantesimo non ha nessun effetto su di lui. Neanche un minuscolo taglietto.

Ne tento un altro. *"Flumine sanguinis."* *Fiume di sangue.* Questo non l'ho usato molto. Primo, perché è disgustoso. Secondo, perché provoca una morte orrenda, e non mi piace ammazzare la gente. Sempre che non se lo meritino.

Niente.

Di nuovo.

"Fiume di sangue? Sei passata alle maniere forti, eh? Mi dispiace, tesorino, ma i tuoi incantesimi non funzioneranno su di me. Non più." Mi scocca un ghigno velenoso, stringendomi l'avambraccio con una velocità tale che i miei occhi non riescono a seguire il movimento.

"Non capisci? Ormai ti possiedo." Le labbra di Micah si incurvano intorno alle parole come una carezza lasciva. Il suo potere si abbatte su di me e riesce quasi a riappropriarsi della mia volontà. Poi mi spinge addosso alla parete, ingabbiandomi con il suo corpo.

Più mi oppongo, più si incazza. E alla fine, le sue mani roventi mi agguantano gli avambracci. Anche se ci sono molti ricordi di merda che potrebbe farmi rivivere, ormai conosco il gioco e reagisco, costringendolo a uscire dalla mia mente, mentre la sua testa indietreggia di scatto come se gli avessi tirato uno schiaffo.

"Non possiedi un cazzo."

Lo shock sul volto di Micah è così meraviglioso che, se avessi avuto una macchina fotografica, mi sarei fermata a scattare una foto.

"Maledetta stronza! Credi di potermi tenere fuori? Credi di potermi dire di no? Nessuno mi dice di no!" ringhia Micah. I suoi occhi lampeggiano di rosso, le zanne spuntano da sotto le sue labbra.

Poi sono io a rimanere scioccata. La faccia di Micah si contorce per la furia mentre il suo potere si riversa su di me, inondandomi con il suo controllo, con il suo fuoco. Ma stavolta c'è qualcosa di diverso. O Micah ha esagerato, o io sto finalmente sfruttando la mia metà demoniaca.

Sto annegando nel suo potere, e la mia mente è lucida per la prima volta da quando è iniziato tutto questo. Sento l'energia che esce dal suo corpo ed entra nel mio. Lo sto prosciugando. Non di proposito o consciamente. No. *È lui.* Nel tentativo di piegare la mia mente alla sua, mi sta riempiendo di potere.

Al punto che sta perdendo il controllo su tutto il resto. Oltre le spalle di Micah, osservo Striker tornare in sé, il suo corpo sembra sciogliersi lentamente dall'immobilità che lo aveva colto, i suoi occhi si concentrano sulla stanza abbandonando qualsiasi cosa ci fosse nella sua mente. Non so cos'abbia visto, ma di qualunque cosa si trattasse, il dolore che gli ha provocato e che gli si riflette sul viso è sufficiente a spezzarmi il cuore. Non è solo ferito: ciò che gli ha lacerato l'anima era fatto del peggior tipo di veleno.

Striker estrae silenziosamente l'arma dalla cintura, avvicinandosi a noi come un fantasma. Non mi sono mai accorta di quanto possa essere quieto, né di quanto possa essere letale. Osservando il solco sulla sua fronte, la linea severa delle sue labbra, l'ira sul suo volto, mi chiedo, non per la prima volta, se conosco davvero il mio migliore amico.

Non posso fare a meno di provare un brivido di paura quando si avvicina, mettendosi alle spalle di Micah senza fare alcun rumore.

Quando la lama si conficca nella spalla di Micah, sono colta alla sprovvista dall'agonia accecante che mi attraversa il corpo. Non mi aspetto nemmeno il sangue caldo e umido che sgorga dalla mia spalla. Micah si allontana da me barcollando, con gli artigli che toccano la ferita. Se potessi muovermi, sono sicura che farei lo stesso, ma tutto ciò che riesco a fare è scivolare giù dal muro che sembra incapace di reggermi, atterrando con un tonfo doloroso sul pavimento di legno della mia camera da letto.

La stanza si inclina sul suo asse, mentre cerco di respirare. Non sapevo che mi avrebbe fatto così male. Non pensavo che uccidere Micah sarebbe stata la mia fine.

Ma inizio a temerlo.

Striker lascia cadere il pugnale e supera Micah per avvicinarsi a me. Preme la mano sulla mia spalla per bloccare il fiotto di sangue che sgorga dalla ferita. Il suo tocco mi strappa un urlo, rendendomi incapace di contenere il dolore dentro di me per un altro istante.

So cosa devo fare. Non può essere Striker ad ammazzare Micah. Non posso permettere che il mio migliore amico dia inizio a una guerra, soprattutto se non potrò lottare al suo fianco. Perché so che non ci sarò. L'ho capito. Se questa è la conseguenza di un taglio inferto a Micah, cosa accadrà quando lo ucciderò?

Non sono stupida. So che se Micah sopravvive, farà fuori o me o Striker, o peggio, venderà quel bambino al miglior offerente affinché ne facciano chissà cosa. Non si fermerà finché non avrà ottenuto il suo trofeo. Non so cosa gli abbia fatto la mia famiglia per scatenare un odio del genere. Se il mio lato demoniaco è simile al mio lato stregonesco, immagino che farsi dei nemici non sia poi così difficile.

Ma è un debito che pagherò, se significa che il mio migliore amico potrà vivere. Se significa evitare la guerra. Se significa che finalmente potrò mantenere la promessa fatta a una giovane ragazza incinta che non mi ha neanche mai chiesto di aiutarla.

Salverò suo figlio. Salverò il suo amore.

E mi vendicherò dell'uomo che le ha rubato la vita.

Mi allontano da Striker, strisciando verso Micah. La lama è vicina, ma il dolore bruciante che mi affligge la spalla fa somigliare un metro a un chilometro. Striker cerca di fermarmi, ma penso che tema di peggiorare la situazione, quindi il suo tocco è delicato.

Ora che riesco a raggiungere il pugnale, Striker ha compreso le mie intenzioni.

"No, Max. No. Troveremo un altro modo."

"Non... non c'è un altro modo, Striker. Cont... continuerà a darmi... la caccia. Proverà... proverà di nuovo," balbetto, stringendo le dita attorno all'elsa avvolta nel cuoio.

"No. Ti prego, non farlo."

Micah si dimena pietosamente, tentando di allontanarsi, ma per afferrare il coltello d'osso mi sono praticamente mezza sdraiata su di lui. La lama affilata a doppio taglio è ricoperta dal suo sangue. Poi percepisco un barlume del suo potere che cerca di infiltrarsi di nuovo dentro di lui.

Sta provando a scappare. *Non se posso evitarlo.* Serrando la presa sull'elsa, sollevo il coltello che un'ora fa mi sembrava così piccolo.

"Ti voglio bene, Striker," sussurro, sperando di riuscire a trasmettergli il mio rimorso per quello che sto per fare. Lo sto lasciando. Gli ho promesso che non lo avrei mai fatto. Tanto tempo fa, gli avevo giurato che non lo avrei abbandonato come avevano fatto tutti gli altri.

All'epoca non pensavo che morire fosse un'opzione, quindi è stato facile pronunciare quella promessa. E ora infrangerla lo è altrettanto.

Mentre la lama trafigge il petto di Micah, l'urlo di Striker è l'ultima cosa che sento.

25
MAX

UNA VOCE MASCHILE SI INSINUA NELLE MIE orecchie, strappandomi dall'oscurità che mi ha tenuta nel silenzio troppo a lungo. Sta cantando sommessamente qualcosa che non riesco a identificare, ma non importa. Ciò che conta è la luce che sembra filtrare attraverso le mie palpebre. Mi costringo ad aprirle, e mi ci vuole un minuto per mettere a fuoco la stanza.

Illuminata dalla luce soffusa di una lampada sul comodino, la visione familiare della camera da letto di Ian mi conforta, dopo essermi fatta strada a fatica attraverso le tenebre. I miei occhi si spostano di lato, posandosi su un paio di jeans consumati e su due piedi nudi piuttosto attraenti incrociati all'altezza delle caviglie.

"Maxima? Tesoro?" La voce di Ian è un miscuglio

di sorpresa e sollievo, ma le sue parole mi provocano una strana reazione.

"Perché mi chiami così?" sbotto. Non volevo farlo, ma sentirmi chiamare con il mio nome per intero e con un vezzeggiativo mi dà sui nervi.

"'Maxima' o 'tesoro'?" Il tono di Ian è neutro. Non sembra ferito, ma la sua espressione racconta una storia diversa.

"Entrambi."

"Beh, ti chiamo Maxima perché sei una ragazza e Max è un nome da maschio, e ti chiamo 'tesoro' perché sono totalmente innamorato di te ed è il mio modo sottile per dimostrartelo." La risposta pungente di Ian mi fa ridacchiare.

"Ne prendo atto, ma niente nomignoli, per favore. Niente 'piccola' o 'tesoro' o cose del genere, okay?"

Dopo Micah, non credo di essere in grado di sopportare che un uomo mi chiami in modo diverso da 'Max'.

"Ti svegli dopo due giorni, e ti lamenti per come ti chiamano? Stai scherzando?" si lamenta Striker. Giro la testa di lato e vedo che è seduto su una poltrona di pelle con un panno sulla spalla, intento a dare dei piccoli colpi a un sederino fasciato da un pannolino.

"Due giorni? È... eccessivo." Non credo di essere mai stata priva di sensi per più di un giorno.

"Eccessivo? È tutto quello che hai da dire? Niente 'mi dispiace che tu abbia dovuto assistere al mio suicidio', oppure 'perdonami per aver fatto la martire per la milionesima volta'? Cazzo, Max."

Un bagliore dorato lampeggia negli occhi di Striker. È arrabbiato, ma non ne ha nessun diritto. Non sono stata io a portarci da Micah.

Appoggio una mano sul letto per tirarmi su a sedere. Striker ha voglia di litigare, e io sono abbastanza inviperita da accontentarlo.

"Senti, non sono stata io a metterci in questa situazione. Non ho intenzione di discutere con te di quello che è successo perché ho fatto quello che dovevo, *come sempre*. Non ti sta bene? Beh, allora la prossima volta non cacciarti nei guai con un'arma che può far scoppiare una guerra," replico a denti stretti. Mi rendo conto dopo qualche istante che non sono solo io a tremare di rabbia, ma l'intera stanza. E probabilmente tutto l'edificio.

Quindi le mie doti hanno fatto un salto di qualità. Fantastico.

È la ciliegina su quella torta di merda che sono stati gli ultimi giorni. Perché non accrescere un potere che già prima non riuscivo a controllare? Sicuramente non mi si ritorcerà contro.

Per la prima volta da quando mi sono svegliata, la

preoccupazione mi assale e mi affretto a cercare i segni lasciati da Micah. Entrambe le braccia sono lisce, coperte soltanto dai tatuaggi; le bruciature sono svanite. Passo le dita sulla pelle per assicurarmene.

Il figlio di Melody si agita un po', attirando la mia attenzione sul modo in cui Striker è avvinghiato a lui.

Oh, no. *No.*

"Non puoi tenerlo. Lo sai, vero?" So che sono dura, ma è la verità.

"Perché no, cazzo?" ringhia Striker, avvolgendo il bambino con entrambe le braccia e stringendolo ulteriormente a sé.

Non voglio fare la parte della cattiva.

Ma entrambi abbiamo fatto una promessa a Melody. Le abbiamo promesso che avremmo salvato suo figlio, che lo avremmo portato via da Micah. Le abbiamo promesso che lo avremmo tenuto al sicuro.

Con noi non sarebbe al sicuro.

"Non è tuo. Non sei un demone. Non sai che poteri ha o di che istruzione avrà bisogno. Non hai idea di come crescerlo, né saresti in grado di farlo. Guardami. Guarda come sono stata cresciuta io. Pensi che sarei stata uccisa così tante volte, se avessi saputo di cosa sono capace? Per non parlare di te! Neanche tu sai cosa sei. Come credi di tirare su un bambino senza nemmeno sapere cosa sei in grado di fare?"

Negli occhi di Striker, che solo un secondo prima erano pieni di rabbia, si fa strada il dolore. Sul serio, non voglio fare la cattiva.

"Ma gli vorrò bene come se fosse mio. Non è abbastanza?"

"Per alcuni l'amore può tutto. Ma non puoi decidere il corso della vita di un bambino basandoti sull'amore. Ragiona. Devi scegliere lui, invece che assecondare la tua sofferenza. Non puoi tenerlo con te solo perché è l'ultimo pezzo di Melody che ti è rimasto." Il mio tono è dolce, ma le mie parole sono feroci. Dopotutto, non c'è altro modo di dirlo. E lui deve sentirlo.

"Vaffanculo, Max," sibila Striker, perché gli sto portando via l'unica cosa che potrebbe arginare la sua sofferenza. Lo capisco, ma non dovrei essere io a subirne le ripercussioni.

"Vaffanculo? Cosa succederà quando gli amici di Micah scopriranno che è morto, eh? Non verranno a cercarci? Come farai a proteggerlo, allora? Rispondimi. Come?!"

Ma Striker non ha una risposta, perché la verità è che non può.

Entrare nell'ufficio di Caim con un neonato in braccio va come ci si potrebbe aspettare. Dopo tre giorni passati a sfiancare Striker, finalmente sono riuscita a fargli vedere le cose dal mio punto di vista. Certo, i marchi sono spariti e Micah è morto, ma dubito che possiamo considerarci al sicuro.

E se ho ragione, non posso permettere che sia il figlio di Melody a pagarne il prezzo.

"Che cazzo ci fate qui?" domanda Ruby. "E che cazzo è quello?"

La ignoro. Per essere una che ha cercato di aiutarmi a sopravvivere e a sfuggire alla schiavitù, è davvero sorpresa di vedermi qui. Non credo che io e Ruby ci faremo le trecce a vicenda tanto presto.

Invece di prestare attenzione a Ruby, guardo Caim negli occhi. "Vorrei parlare con te in privato." Mantengo un tono il più annoiato possibile. Far sapere a quei due quanto ho bisogno di loro è una pessima idea. Ora Caim e Ruby mi sembrano dei predatori, e non capisco perché. Ho la sensazione che se mostrassi anche solo un minimo segno di debolezza, lo percepirebbero. Non sarei qui se potessi evitarlo, ma Caim mi deve un favore.

Caim fa un piccolo sorriso, un leggero movimento delle labbra talmente veloce che Ruby non se ne accorge neanche. "Va tutto bene, Ruby. Lasciaci soli."

Odio ammetterlo, ma provo una soddisfazione perversa nel vederla uscire a passi pesanti, sbuffando. Okay, non diventeremo mai amiche.

"Il tuo problema è stato risolto, il che significa che mi devi un favore e io sono qui per riscuoterlo."

"Ti devo un favore, eh? E come mai?"

"Senza di me, non avresti mai saputo che Micah contrabbandava proprio sotto il tuo naso, e ora che è stato sistemato, non rischierai di scatenare una guerra. In realtà, mi sembra che tu mi debba un *grosso* favore," rispondo schietta, andando dritta al punto.

Caim mi studia per qualche istante, intrecciando le dita sulla scrivania, poi sposta lo sguardo sul bambino. Il figlio di Melody si agita un po', quindi mi tolgo la borsa dei pannolini dalla spalla e comincio a cullarlo. Tutto sommato, sembra un neonato facile, ma non ho ancora capito come gestirlo. Sembra che sistemargli il ciuccio e mormorare paroline dolci funzioni. Si rimette a dormire pacificamente. Credo che somigli a Melody, con i suoi occhi di un pallido azzurro e i capelli castano chiaro che sicuramente diventeranno più scuri con l'età. Mi conforta sapere che una parte di lei continuerà a vivere.

"Di che favore si tratta?"

"Voglio che gli trovi una casa. Un posto dove siano gentili con lui, lo tengano al sicuro e non lo mangino né lo facciano sentire una merda perché è per metà umano. Voglio che cresca sapendo chi è e che impari a usare i suoi poteri. Voglio che sia amato. Hai un registro dove tieni traccia di tutti gli Eterei, giusto? Trova qualcuno che desideri un bambino, che possa addestrarlo e amarlo. Fallo, e saremo pari." È una richiesta impegnativa, lo so, ma ho ucciso un demone e sono quasi morta per impedire una guerra. Una richiesta impegnativa mi sembra il minimo.

Caim aggrotta la fronte, confuso, e rimane seduto a fissarmi per un attimo, mentre io sistemo il mio piccolo fagottino in modo che dorma sul mio petto. Vorrei potergli dare un nome, ma non mi sembra giusto. Non è mio, e non è di Striker. Non abbiamo il diritto di benedirlo con qualcosa di così prezioso.

"Potresti chiedermi qualsiasi cosa, letteralmente qualsiasi cosa, e dopo quello che hai fatto per me sarei costretto ad accontentarti, e tu preferisci aiutare questo bambino piuttosto che ottenere ricchezze e potere?" L'incredulità traspare dal tono di Caim.

"Ho promesso a Melody che avrei protetto suo figlio. Io mantengo la parola data, Caim. Sempre." *A differenza tua*, vorrei aggiungere, ma evito di farlo. Chissà cos'ha promesso a mia madre? O se le ha davvero promesso qualcosa. Tra i due, Caim non mi ha ancora dato motivo di non fidarmi di lui.

"Non assomigli per nulla a tuo padre." La sua affermazione mi coglie di sorpresa. Non conosco Andras, ma conosco Teresa. Se non assomiglio né a lei né a lui, a chi assomiglio allora?

La domanda del secolo.

"Lo conosci? È un uomo cattivo?" La domanda infantile mi sfugge dalle labbra prima che possa impcdirlo.

"Il peggiore. Ma a modo suo è anche una brava persona."

Chiarissimo, grazie.

"È meglio che tu non lo sappia, Maxima. Fidati almeno di questo."

"Sono abbastanza sicura che sappia dove sono stata negli ultimi quattrocento anni. Non credo che abbia intenzione di incontrarmi, quindi sì, mi fido."

"Bene. Ora dammi il bambino. So esattamente a chi affidarlo." Si alza in piedi, si allontana dalla scrivania e tende le braccia perché gli passi il figlio di Melody.

Poso un bacio delicato sulla fronte del piccolo, mormorando una benedizione che spero funzioni, prima di consegnarlo a Caim.

"Ha un nome?" Caim lo prende e se lo sistema tra le braccia con disinvoltura. Non è il primo neonato che Caim abbia mai tenuto in braccio, questo è certo.

"Non mi sembrava giusto dargli un nome. Striker voleva chiamarlo Ronan, ma..." Mi interrompo con una scrollata di spalle. "Non mi sembrava giusto," ripeto.

"Ronan mi piace." Caim sussurra qualche smanceria al piccolo, accarezzandogli la guancia paffuta con la punta del dito. L'ho fatto anch'io un paio di volte negli ultimi giorni, lottando con me stessa per non affezionarmi a qualcosa di così prezioso.

"Farai in modo che sia al sicuro, vero?"

"Ma certo, Maxima. I bambini vanno protetti." Gli occhi di Caim incontrano i miei per la prima volta da quando gli ho consegnato il bambino.

Le sue parole mi danno un po' di conforto mentre esco e li lascio soli, e il dolore della perdita si attenua leggermente.

Addio, Melody. Spero che tu sia in pace.

26

MAX

"Ancora!" grida Aidan, e io non posso fare a meno di gemere dal terribile tappetino blu.

Fanculo gli allenamenti, fanculo i *bokken*, fanculo tutto.

"Sei stata tu a venire da me per imparare a combattere, Max. Nessuno ti ha costretta, quindi alza il culo e rifallo."

Chi cazzo ha pensato che sarebbe stata una buona idea essere allenata da Aidan? Oh, giusto. Io.

Alzandomi a fatica dal tappetino, metto in discussione la mia sanità mentale per la centesima volta.

"Ti rendi conto che potrei distruggerti con uno schiocco delle dita, vero?"

Aidan si limita a inarcare un sopracciglio. Non ha

una goccia di sudore addosso, nonostante porti un berretto di lana.

Ancora.

In agosto.

A volte mi chiedo cosa ci sia sotto. Che voglia coprire la calvizie? Una qualche escrescenza? Prima o poi lo scoprirò. Quando il mio corpo la smetterà di dolere per tutte le botte che mi sono presa.

"E tu ti rendi conto che avere un guardiano che ti allena è il massimo che si possa desiderare, vero? La magia non funziona sempre. Non puoi farci affidamento. Non è quello che mi hai detto quando mi hai chiesto di aiutarti?"

"Sì." Sospiro, afferrando la stupida *katana* di legno che è stata la rovina della mia esistenza nelle ultime tre settimane.

"Hai un talento naturale, Max. Non ho mai visto nessuno imparare così in fretta. Ma sei troppo pigra. Ora mettiti in posizione di combattimento e ricominciamo."

Uno di questi giorni gli farò il culo.

Ma dubito che quel giorno sarà oggi.

DOPO LA SESSIONE, E UNA DOCCIA, MI trascino nello studio. Da quando è successo quello che è successo con Micah, non riesco più a tornare nella mia casa in periferia. Preferisco sfruttare l'appartamento sopra lo studio di tatuaggi.

È strano venire al lavoro senza Striker. Ha provato a tornare. Ci ha provato, ma era chiaro che lo stava uccidendo. Guardava il bancone che separava la sala d'attesa dal resto del salone ed era travolto dalla tristezza. Tutto in quel posto gli ricordava Melody. Probabilmente anch'io gli ricordavo Melody. Così, un giorno l'ho lasciato andare.

"Non devi stare qui, lo sai." Bel modo per affrontare l'argomento, ma non sapevo che pesci pigliare. Non c'era bisogno che Striker restasse a lavorare nello studio. Quasi certamente era immortale, e i soldi che aveva gli sarebbero durati fino alla fine dei tempi. Non era obbligato a rimanere a Denver con me. Non era obbligato a venire allo studio e soprattutto non era obbligato a doversi ricordare ogni giorno del suo amore perduto.

"Il mio nome è sull'atto di proprietà, Max, proprio accanto al tuo. Credo che sia un mio dovere." Il suo tono spento mi stava uccidendo.

"Lascerai che un pezzo di carta ti dica come vivere la tua vita? Sei infelice e la tua tristezza è contagiosa. Come pensi di riprenderti, se sei circondato dal ricordo di lei ogni secondo della giornata?" gli ho chiesto, soprattutto perché volevo effettivamente saperlo.

Avevo preso la decisione di consegnare Ronan a Caim. Ero riuscita a dire addio a Melody realizzando il suo ultimo desiderio. Striker, invece, no. Si era addirittura opposto all'idea di organizzare un funerale. Avevo dovuto chiamare Aurelia e chiederle di aiutarmi a seppellirla. Nessuno conosce i rituali funebri meglio di una fenice, e visto che il mio altro migliore amico era depresso, avevo preferito rivolgermi a lei.

"Non credo che mi riprenderò mai, Max. Melody non è il tipo di ragazza che si può dimenticare." La sua voce era rauca per il dolore che aveva represso nel profondo.

E non aveva tutti i torti.

"Ma su una cosa hai ragione, non sono costretto a stare qui." Ha annuito tra sé e sé prima di attraversare il negozio per darmi un bacio sulla fronte, risparmiandomi l'abbraccio – anche se probabilmente da lui lo avrei accettato.

Se n'è andato senza dire altro e sono settimane che non lo sento. Per quanto sia consapevole che per lui è meglio così, non posso fare a meno di starci male. Era da oltre un secolo che io e Striker non trascorrevamo più di una settimana senza parlarci, quindi questa lontananza fa più schifo delle palle pelose di una scimmia.

Entro dall'ingresso posteriore e salgo le scale, con le gambe che si lamentano a ogni passo. Odio essere dolorante. Detesto sudare. Ma la certezza di sapere che posso prendermi cura di me stessa è qualcosa a cui non posso rinunciare. Ho bisogno di sapere cosa posso fare senza poteri, senza magia. Devo essere in grado di difendermi se...

Per qualche motivo, una lacrima mi scende lungo la guancia. Ultimamente mi capita spesso di avere attacchi di pianto improvvisi. Odio anche questo. Mi sento così debole quando scoppio a piangere senza una ragione. Poi però capisco perché succede.

Uno dei miei migliori amici se n'è andato. Probabilmente sarò costretta a vendere la mia casa perché non riesco neanche a vedere la porta senza avere un attacco di panico. Melody è morta e suo figlio ora vive con un'altra famiglia che spero lo ami.

Da quando mi sono svegliata, non sopporto di essere toccata e non riesco a dormire la notte. Sto cercando con tutte le mie forze di rimettere insieme la mia vita, ma è come riempire troppo un sacchetto di carta.

Alla fine il fondo cede sempre.

Parcheggio il sedere in mezzo alle scale, ritardando per un po' l'inevitabile lezione con Ian – abbastanza perché riesca a riacquistare un minimo di autocontrollo. Oltre ad Aidan che mi allena nel combattimento corpo a corpo, Ian mi sta insegnando le basi dell'essere una strega. Certo, molte delle lezioni non mi riguardano, ma mi piace imparare tutte le cose che mia madre avrebbe dovuto insegnarmi. Anche se le lezioni sono per lo più uno stratagemma per poter conoscere meglio Ian.

Pensavo che, dopo la storia di Micah, sarei riuscita a buttarmi in una relazione con Ian, o almeno nel sesso. Ma la regola del non toccarsi sta rovinando tutto. Non voglio rabbrividire se mi sfiora, e al momento non riesco a impedirlo. Almeno le lezioni mi permettono di averlo nella mia vita. Anche se i nostri incontri sono casti come una suora novantenne. Per fortuna, Ian non sembra intenzionato a mollare, quindi una nota positiva c'è.

Mi trascino in piedi, decidendo cosa ordinare per cena mentre salgo faticosamente il resto delle scale. Prima ancora di infilare la chiave nella serratura, mi rendo conto che dentro c'è qualcuno. I sigilli protettivi sono spariti. E so che non si tratta di Ian, perché non entrerebbe mai senza chiedermelo.

Non dopo Micah. Mai più.

"Hai fatto irruzione nella casa sbagliata, cazzo," grido nel buio. "Mostrati." Di sicuro non è un ladro.

Schiocco le dita, accendendo tutte le candele e tutte le luci. Non attaccherò se non sarò costretta, ma voglio vedere con chi ho a che fare. Anche se quello che voglio davvero sapere è come hanno fatto a violare le mie protezioni.

Ruby è seduta con le gambe accavallate su una delle mie poltrone imbottite, e si esamina le unghie mostrandosi annoiata a morte.

Bene. Proprio ciò di cui avevo bisogno.

"Stavi per farmi venire un colpo, Ruby. E che cazzo?!" Lascio cadere la borsa sul tavolino dietro il divano di velluto blu pavone, in attesa di una risposta.

Ruby alza gli occhi al cielo, poi finalmente mi guarda. Devo ammetterlo, è una donna bellissima, ma vorrei che non fosse così... stronza. Mi ricorda mia madre, e Teresa Alcado non è certo un modello da seguire.

"Quante volte sei piombata da Caim senza neanche un 'ciao'?" mi accusa di rimando, e ha ragione. Ho sicuramente trascurato le buone maniere, ma poteva almeno avvertirmi, no?

"Presentarsi a casa di qualcuno senza preavviso è scortese. Ho imparato la lezione. Hai altre perle di saggezza da impartirmi prima di dirmi perché cazzo sei entrata in casa mia?"

"Sono qui per portarti via."

Non mi piace come suona.

"Dove?"

"Dal Consiglio, Maxima. Hai infranto la legge. Devi essere punita." Ruby non sembra troppo triste al riguardo. Anzi, se dovessi tirare a indovinare, direi che sta sorridendo internamente. Ma non può essere seria.

"Che legge?" chiedo in tono beffardo, per nulla impressionata.

"Hai ucciso il tuo padrone," dice semplicemente, come se dovessi sapere di cosa diavolo sta parlando.

"Da quello che so, non ho nessun padrone. Comunque, grazie della chiacchierata. La porta sai dov'è," replico sarcastica, superando il divano per raggiungere la cucina. È una giornata da bourbon e gelato. Penserò alla cena più tardi.

"Micah Goode. Ti suona familiare? L'hai ammazzato e ora devi affrontare il processo."

Sono contenta che le sto dando le spalle e spero di non aver tradito la paura che provo nel sentir pronunciare il suo nome. Ho proprio bisogno di un po' di bourbon. Anzi, di *tanto* bourbon.

Afferro la bottiglia di liquido ambrato dall'armadietto dei liquori. "Mi stai prendendo per il culo?"

"Temo di no." Ma sembra che quella stronza stia trattenendo a stento una risatina.

"Beh, Ruby, non so molto di Micah Goode, ma quello che so è che non è il mio Padrone," dichiaro, evitando per un pelo di mentire spudoratamente. Ho vissuto per quattrocento anni, quindi la mia faccia da poker è perfetta. "Niente marchi, vedi?" Le mostro gli avambracci.

Non so perché i marchi siano spariti. Bernadette ha detto che non potevano essere rimossi. Forse, quando Micah mi ha inondata con il suo potere, ha interferito in qualche modo con i marchi. Non lo so.

"Comunque sia, Maxima, verrai con me," ordina Ruby, e so che dovrò obbedire. Che mi piaccia o no.

Perché Ruby è un angelo, e se quello che dicono su di me è vero, allora io sono una demone. Se dovessi anche solo torcerle un capello, scoppierebbe una guerra. E ho già rischiato di morire per evitare che accadesse.

Beh, sono stata bruciata sul rogo.

Cosa può esserci di peggio?

La storia di Max continua con:
Figlia di Anime e Silenzi

L'Eterea Rinnegata - Libro due

Un'ex Rinnegata al cospetto delle Parche. Cosa potrebbe andare storto?

Quando mi è stato offerto un seggio nel Consiglio Etereo, nessuno ha detto niente riguardo a un incontro con le Parche in persona. Il giorno della mia presentazione, non solo offendo le tre donne che controllano ogni singolo filo della vita, ma il filo di un Angelo viene reciso, e nessuno sa come.

Ora, è mio compito scoprire chi è stato prima che la colpa per questa morte ricada su di me e scateni una guerra totale tra Angeli e Demoni.

Forse essere una Rinnegata era l'ultimo dei miei problemi.

Inizia a leggere

I LIBRI DI ANNIE ANDERSON

L'ETEREA RINNEGATA

Donna di Sangue e Ossa

Figlia di Anime e Silenzi

Signora di Luna e Follia

TITOLI IN INGLESE

WHISPERBOUND

A Silence of Shadows

SEVERED FLAMES

Ruined Wings

Stolen Embers

Broken Fates

IMMORTAL VICES & VIRTUES

Her Monstrous Mates

Bury Me

Shadow Shifter Bonds

Shadow Me

All Hallows' Eve

Heal Me

THE ARCANE SOULS WORLD

Grave Talker Series

Dead to Me

Dead & Gone

Dead Calm

Dead Shift

Dead Ahead

Dead Wrong

Dead & Buried

Soul Reader Series

Night Watch

Death Watch

Grave Watch

THE WRONG WITCH SERIES

Spells & Slip-ups

Magic & Mayhem

Errors & Exorcisms

THE LOST WITCH SERIES

Curses & Chaos

Hexes & Hijinx

THE ETHEREAL WORLD

ROGUE ETHEREAL SERIES

Woman of Blood & Bone

Daughter of Souls & Silence

Lady of Madness & Moonlight

Sister of Embers & Echoes

Priestess of Storms & Stone

Queen of Fate & Fire

PHOENIX RISING SERIES

(Formerly the Ashes to Ashes Series)

Flame Kissed

Death Kissed

Fate Kissed

Shade Kissed

Sight Kissed

www.ingramcontent.com/pod-product-compliance
Lightning Source LLC
Chambersburg PA
CBHW020136310726
48970CB00006B/1892